盧麒之死

黃碧雲

目錄

005 壹：一九六六年四月五日，密雲，清涼

035 貳：十九歲混血青年盧景石，見到呂鳳愛：群眾之中的快樂，很快變質。

067 參：「盧麒在無處可投靠之際」「誰令盧麒吊死？」

101 肆：遊戲於開槍終止：︵如果︶……那天日蝕。「在這自由民主的︵殖民地︶香港」

215 伍：我們從歷史學會甚麼：「蘇守忠之將來」「『燒肉和尚』」。

219 陸：他沒有我畫的那麼文靜。但我畫的時候，想起你的髮。

壹：

一九六六年四月五日，密雲，清涼

一九六六年四月五日，密雲，清涼，最低氣溫為攝氏十六度。

前一天下大雨：「新界豪雨山洪暴發　沙田區城門下水壩　九名工人冲入隧道」「水勢兇猛拯救困難　入夜仍在進行中」「新界方面豪雨由昨日（四月四日）下午到深夜下個不停，新界多處地方，先後發生山洪暴發，汽車滑輪相撞，電話線被折斷災害。」「沙田區城門下水壩，有九名工人於昨（四日）晚六時二十分雨勢最大時被洪水冲入隧道失踪。」「當雨勢漸大時，該處一個二百尺深『地龍』，正有十三名工人在下面工作，管工見雨勢越來越大，即通知各人返回地面暫避，當各人乘『燕子機』上升至半途時，即被山洪冲下，經在場各人搶救，結果四人獲救，九人被大水冲入隧道失踪。」「由於隧道有幾處出口，消防人員拯救十分困難，至今晨零時，仍派人分別在荃灣、沙田出口處守候，但迄未見九名失踪者之下落。」（翌日四月五日，「已尋獲九具屍體」）「荃錦公路大橋被大帽山支脈各引水渠道冲下的山洪遮蓋，大橋路上。水深入膝，往來車輛，有如陸地行舟，情況十分驚險。」「紅磡觀塘塌屋 兩人被活埋」「港九多處低地水深盈尺 清水灣道若干居民奉命疏散」「昨〔四月四日；事情開始的那一天〕在傾盆豪雨下，紅磡大環山」「大環道三五四一地段山邊木屋區，昨晚七時零五分〔事情開始了十一小時〕，豪雨把山腰一棵直徑約一尺高十餘尺的大樹連根冲倒，帶著大量沙石滾下，壓塌山腳一座兩層高的石屋，一名婦人被埋。」「被壓的石屋位於山邊，共住九伙七十人，廚房部份被滾下的大石壓塌，且直坍落地下，據說在大雨滂沱時，住客已經感到廚房部份有危險而沒下廚做飯，只有一名邱桂蘭的婦人在廚房，當廚房在壓塌時，走避不及。」「樓下的住客在廚房倒塌時全部逃出，樓上的住客亦於事發後逃出，消防局據報後，派出多輛消防車及救護車到場搶救，通知接近該石屋的幾間木屋居民撤退後，立即展開救援工作。由於當時雨勢大，洪水由山上直冲下。」「八時三十五分後，消防員迫得放棄搶救，據說在坍塌後數分鐘，居民尚能聽到被埋的邱桂蘭發出呻吟聲，不久即告停止。」「消防員昨〔同一〕晚深夜仍在現場駐守，可能在雨勢稍緩時即展開工作」「觀塘安德臣道山邊木屋，昨（四日）晚八時五十分亦被山（上）冲下的山泥壓塌，兩名男子受傷，被救出送院，另一名男子失蹤。新聞處消息說：相信該名男子被活埋，發（挖）掘工作仍在進行中。」

當日「以絕食絕飲來抗議天星小輪加價的青年」「晨八時便在天星碼頭外走欄出現，曾受數名警察干涉，但警察被人群『噓』退。」

「至昨（四月四日）晚（清明節前夕）七時，該青年即走在（中環）天星碼頭頭等售票處，繼續其行動」「他已顯得氣力不足，說話聲音微弱，但精神仍無頹狀」。

「港九兩區昨晚（上述）在滂沱大雨下，若干街道水浸，黃大仙彩虹道，觀塘翠屏道，筲箕灣道等，被附近的山上冲下的沙泥瘀（淤）塞排水道而水浸，彌敦道近加士居道一段，水深盈尺，深水埗青山道及灣仔皇后大道東金鐘兵房一段亦有同樣情形。」「今晨

〔四月五日〕凌〔零〕時五分新聞處消息：九龍清水灣道十時三十分開始水浸，若干屋宇的居民被消防處勸喻撤離。」

「筲箕灣石屋被壓塌，五死三傷大慘劇」「筲箕灣聖十字徑村一六七號B石屋，昨晚十時三十分〔開始水浸〕，被一條由山冲下的石磐壓塌」「該石屋是一戶姓周的人居住，由於事起倉猝，走避不及而致傷亡慘重，被壓死者：（一）許娣（女）三十九歲。周麗華，兩歲女童，另三人，已知一為周永富，七歲男童，另一為周麗美，五歲女童，一為三十九歲許太。直至今晨一時三十分，消防員始將三人掘出。」

「〔絕飲絕食〕青年支持十八小時，至今晨二時，仍未有飲過一滴水。」「五十名圍觀這位青年的市民，除了三名男女認為這青年的行動是『很傻』的以外，其餘都表示支持及寄以同情，尤其是以知識青年為然。」

「〔該〕青年，二十七歲，他不願透露他的姓名和地址，他是說廣州話的。」「用他的灰色西裝上衫反出，灰色衣裏穿在身上，在裏衣的背部塗上白油漆中英文字：『絕飲食反加價潮』」。〔下午六時十五分，青年給拍下的一幅照片，他戴著黑眼鏡〕「問：你預備支持〔絕食〕到甚麼時候？答：我將一直支持下去，直至我不能支持為止。」「在四月五日清晨小輪休班不久之後」「〔青年〕即回家睡覺。」

四月五日，當日法院宣判，九歲女童被十九歲青年強姦，青年被判入精神病院六年。

盧麒出現那一天，他在後來的「九龍騷動調查委員會」聽證會作供，是一九六六年四月五日，在香港中環天星碼頭青年絕食現場，當天是勞工假期，清明節。

但根據絕食青年的憶述，那天是四月四日下午。

絕食青年只記下：「四月四日晨，我穿上那雙在古巴貨輪上很有鬥爭歷史的牛仔靴……故意穿上保暖的樽領毛衣，吃了八粒暖胃的中暖丸，這是我持久戰的準備。」「盧

HONG KONG POLICE
STATEMENT/REPORT
Kwun Tong
CHAN T
盧
韻

祺〔麒〕的出現，按推算應該是四月四日示威開始後的下午……。」絕食青年，很愛打扮，上庭時穿白褲白皮鞋，頭髮梳得油油亮。

天星小輪公司於一九六五年十月一日申請加價，交通諮詢委員會建議，頭等船費從二毫加到二毫半，二等船費照舊一毫。頭等是小輪的樓上，二等樓下，機房在樓下，所以二等比較吵。當時一個青年學徒像盧麒，每月收入從一百三十到二百五十元，一天的工資最低四元七角，最高十一元七角。

五仙的小輪加價，引發了一場香港青年自發的最大騷動。

青年開始的時候，互不相識。

「——盧麒並沒有死……我〔絕食青年，蘇守忠〕在天星碼頭，當著圍觀的群眾，在他那紅得令人目眩的風衣上，用白油漆上反加價的標語。這也是盧麒要求加入示威的開始。」盧麒被發現屍體那一天，一九六七年三月二十三日星期四，報告他死訊的報紙，找到一幅他的舊照片，黑白照片所以只見到他身穿深色風衣，白短褲，白短襪黑皮鞋，外衣前面寫上「反賭」「反加價」，小題是「去年〔六六年〕四月九龍騷動爆發前的一個黃昏，盧麒被拍於天星碼頭轉卡之前」。

盧麒自己的解釋，那天他只是路過。報告對他的証供，表示「應相信至何種程度，頗難衡量」：「他在我們面前，只要他願意，他說出來的英語頗佳。」四月五日他從九龍乘尖沙咀渡輪過海，據他說，他是想去一間律師樓，詢問有關他的母親遺留給他的一層約值四萬元的樓宇的問題。那天他穿了一件紅色風衣。

「至於當日他之所以穿紅飛機恤，是因該飛機恤是他唯一的外衣，是以兩元的價格在廟街買回來的。」

根據葉錫恩——Elsie Elliot，女名Elsie Hume，一九四七年結婚一年後隨丈夫到中國江西傳教，一九五一年二人被中國政府驅逐，來到香港。她與傳教士丈夫日離日遠，一九五七年離婚，葉錫恩自此在香港從事教育工作及社會活動，一九六三年開始成為香港當時唯一民選的市政局的議員——她的檔案記盧麒要去處理遺產的律師樓為Russ&Co，剌士律師行；香港中環德輔道中十六號告羅士打行五樓，律師樓處理事務包括遺產。

也是這一間律師行，處理盧麒的殮葬事宜。

葉錫恩的一份口供記，「四月四日有一場暴風雨。」

她也記得盧麒：I did not stop, but did notice a young man in a red jacket, I now know this person to be Lo Kei.

盧麒吊死的時候，根據法醫官的報告，身穿白色內衣，灰色長袖背心——vest——。用以吊死的是一件不屬於他的藍色恤衫。

「他〔盧麒〕提到在渡海輪上和兩位坐在附近的西人記者談話；」「他對他們說，他去見律師，想討論關於在元朗開一賭場之事。」——香港的賭博條例下，所有賭博屬非法，除列明例外：私人地方，社交場合，飯店，酒館，會所，痲將或天狗牌，遊戲獎品，或條例所許彩券——香港從來沒有合法賭場。盧麒後來的確去了元朗住，還要去一個「元朗遊樂場」遊玩。在另一指證，盧麒「這位青年，說謊和誇大的本領極大，所以很難倚靠他去証實任何事情。他的証供反覆多變，不但使人極難知道當時所發生的事情，甚至也不知道他要你相信的是甚麼。盧祺〔麒〕好像隨時可以因場合不同及發問的人的方法有異，而說不同的話，而且很少過了一個時間之後，還說同樣的話。」

絕食青年蘇守忠，記盧麒「生前說話可能有點誇張，他也有一般十九歲青年的狂熱」。

一九六七年三月二十三日黃昏，盧麒被「友人」發現在「友人」在佐敦谷牛頭角徙置區的單位吊死。到現場見到屍體的警員作供，「〔翻譯〕我見到一名中國男子的屍體，以恤衫吊在上格床的床邊鐵欄。屍體吊著，腳觸地，雙膝屈。頭傾向右，大約上格床以下十八吋。」「單位內氣味十分難聞，屍體好像已經在那裏一段時間。我〔警員〕碰到屍體，發覺是冷的。」當時約下午六時三十分。

救護車於六時三十七分到達，救護員剪掉恤衫，解下屍體，送往伊利沙伯醫院。「陳〔現場『友人』〕告訴我〔警員〕死者為中國男子盧麒，我記得盧麒參與一九六六年四月的九龍暴動」——當時盧麒「一度成為新聞人物」。

盧麒一九四七年五月一日在香港出生，死時未夠二十歲。

法醫官在發現屍體翌日凌晨一時十五分左右到過現場，「〔翻譯〕上格床到地的距離五十五吋。」盧麒的身高五呎六吋，即六十六吋。盧麒上吊時，身高足以站立在地。「碌架床對開地面，有幾小處已分解的血漬。血型為O。」警方攝影師早一小時，午夜十二時零五分到現場，拍了照片。屍體已經解走，現場地上可見深色「濕痕」，並非法醫形容的「幾小處」，而有十多處，其中一處最大比盧麒擱在床邊的拖鞋更大。法醫証供「有一對咖啡色膠拖鞋，左拖鞋上有血滴」「我亦檢查了房內其他物件，不見有任何血漬。」照片上見到這一對拖鞋，頭尾對掉，即盧麒或其他人曾踢這對拖鞋。法醫檢查，左拖鞋尖及中間的血漬血型為O。

The floor of the bed room showing a patch of wet and a pair of slippers.

法醫去過九龍公眾殮房見盧麒的屍體，估計死亡時間是一天前，即三月二十二日晚上九時。

攝影師在解剖室拍下盧麒的屍體照片。嘴唇有點翹，顏色很深，「下唇他自己咬。」左腳腳背腳趾有血漬，亦與左拖鞋的血滴吻合。「地上血漬可以來自左腳趾」。「當呼吸及血液受阻，那人可以很快失去知覺，失去正常能力。我（法醫）同時亦發現，這情況下，有証據失去知覺時抽搐，即，咬舌，內褲弄濕，小趾的傷口顯明腳踢。」盧麒屍體所穿的褲子及淺藍色內褲為屎尿所污濕。

同樣証據，一名警務人員卻說：「很可能被謀殺。」他解釋，如果一個人想死，正常情況不會在上格床那麼低的地方吊死：「阿伯都搵棵樹去吊。」「而且人會本能掙扎」——腳趾的傷痕很可能就是腳背向地摩擦造成：「有人按著他」「他雙手扯著頸上勒他的，失去支撐，腳背著地」。

「胃有小量飯食殘餘——無中毒跡象。」「飯食可指示死亡時間。」同樓鄰居稱，

「祇近十天來……祇剩下盧麒一人自煮自食」。〔如果預備上吊，是否有心情自煮自食一頓普通飯〕「友人」返抵上址時。「不幸發覺其友盧祺〔麒〕經已自縊。」北九龍裁判署死因研究案法庭於一九六七年五月三十一日，三名陪審員一致裁定，盧麒死於自殺。

盧麒「友人」在上格床上發現十二張紙，及其他幾十張。這十二張紙，「友人」用釘書機釘好，寫上號碼，日期，並簽名作實，交給在場的警員。

這十二張紙，包括厭世語言「上帝啊，告訴我怎樣辦才對啊，我困惑得要死，我是個罪人，且是罪犯，不能適應社會的青年，胡說甚麼遠大理想，我跟〔根〕本一技無長，怎得生存，且牽累了無辜者，罪惡的東西，罪惡的東西，不死也沒有用」「不能流芳百世，也遺臭萬年，真不枉此生，死也死得痛快。」另一張英文，「I am getting mad, and lonely, so lonely that I have the feeling of〔being〕alone in the world, absolute〔absolutely〕alone in the world, in〔am〕frightened, in〔am〕nervous.... Now I am condemned〔to〕death in the world, what is your feeling.」一封寫給「Dear Andrew and Paul」的信：「You guys cause me ruined〔ruined me〕, and can't stand〔I cannot survive〕in the present society, but it is senseless to blame everyone by now. You mean to order me to get committed suicide〔to commit suicide〕. But how can you get away〔dispose/from〕my body legally......FINI」「一切自稱真善美優越而實際上連他們自己也不知道自己是甚麼東西的人們，縱使用各種惡毒言論及假造事實對我作各種精神上及實際生活上施以壓逼及折磨，目的在致〔置〕我於死地滿足他們自己莫名其妙的自大狂我支持善美的卻遭受各方面的壓力他們想把我變成一個甚麼樣的東西」。一張題名「新人生觀」，抄撮自羅家倫著作的第一章「建立新人生觀」：「生命的價值應重新估量，否則人們的情緒日漸萎縮．意志．青年們的心理動搖，幻滅」原文為：「因此這個時代，更有重新估定生命的價值表，以建立新的人生哲學的必要；否則長久在煩悶苦惱之中，情緒日漸萎縮，意志日漸頹唐，生活也自然日漸低落。結果青年們心理中第一步是動搖，第二步是追求，第三步便是幻滅」。《新人生觀》是清華大學、中央大學校長羅家倫勉勵青年雜文集，一九四二年出版；羅一九四九年隨國民黨到

新晚報
是死者遺照。
ven in evide
你想唔想講乜嘢嚟答
辯告你嘅罪名呢？
警告
Do you wish to say anything in answer to the charge?

台灣。

盧麒想死：「困惑」「不能適應社會」「一技無長」「殘酷」「無主孤魂」「心靈創痛」「動搖」「幻滅」「胡說甚麼遠大理想」「alone in the world」「不死也沒有用」。

盧麒死後，一名「少女年約十六、七歲，身穿黃色外衣，紅色間條恤衫，黑色『原子褲』，白色皮鞋，雙眼紅腫，似曾哭泣」，「於九龍騷動事件發生後才認識盧祺〔麒〕的，她偕同另一女友齊往找盧祺〔麒〕，以後她與他便常有來往，並經常通信，她每寫五、六封信給盧祺〔麒〕，他才回覆一信」——盧麒當時吸引了少女狂迷；他於「九龍騷動調查委員會」聆訊的第九天出現，在大會堂的聆訊，之前出席旁聽的人最少只有一人，但盧麒出席那天好像明星出現，突然湧現三百人，包括表情十分興奮、穿著校服的少女。

「親愛的妹妹」，署名是「兄盧麒」——屍體被發現一天後仍無人認領——「您好，妳個多月前的來信早已收到了，請別誤會我的遲遲復〔覆〕信是淡忘了妳，而是現實生活的困惑使我精神上情緒上翻不了身，心境總是在陰鬱之中，不是嗎？學業就此將作永遠的完結了，真真正正永遠的完結了，並不是向你哭訴我的不幸，但是事實上是如此的啊！工作上更加莫名，我之職是有名無實的職位，而我單調枯燥的生活就在陳先生和他的同僚等人接濟以為存。最近我跟〔根〕本連出門到街上走走也討厭，整天屈在房子裏看報紙，看書，消沉得對任何事也提不起勁來。」與鄰居的印象相同：「盧祺〔麒〕這青年個性甚是孤僻，平日經常自鎖屋門留在屋內，有時纔出走廊散散步，見到鄰人亦絕不交談半句，眉宇間似甚苦悶。」「這種反常的生活使我變得很孤獨，內心也很煩悶，就〔這〕時，我真的想叫你不要再和我交往的，這雖然使我內心感到痛苦，但是，我更憂慮我的境遇會給與你內心不安。也許隨時會發生任何意外的我，使你或多或少感到不必要的麻煩。」盧麒彷彿知道自己的死亡，遺下的紙張：「一九六六年八月八日〔這天盧麒因偷單車案出獄〕下午一時左右，和Andrew Lo〔盧麒給他寫信〕一起到美國領事館要求作有關政治庇護的情況，未有任何特別結果」「十日晨Andrew突然闖進告訴我有人謀殺我及kidnap我的消息」「而當晚深夜，蘇〔守忠；反天星小輪加價而絕食，引發其後幾天的暴動〕突致

〔至？〕，Andrew神秘失踪。」「我怎能出國呢，而出，乃去那個國家呢？既無護照，而不是其他國籍公民，還是無可奈何的在這裏屈下去可了，理想、責任也只不過是理想與責任，假如我不能爭得一技之長或一謀生方法，將勢難生存下去。」「Lo, who said he liked to read philosophy and the Bible and mentioned the name of Schopenhauer」「愛讀哲學聖經的人」，叔本華說的是：「蘇格拉底給哲學所下的定義就是『為死亡所作的準備』」「如果死亡顯得那麼可怕就是因為我們想到了非存在，那麼，想到我們之前還不曾存在的時候，我們也應該不寒而慄，因為這一確鑿的事實是無可爭辯的：死亡的非存在並不比生前的非存在更讓人悲痛。在我們還沒有存在的時候，已經走過了延綿無盡的時間——但這卻一點都不曾讓我們感到悲痛。」「從人生中獲得的經驗反倒是喚醒了對非存在的無限渴望——那種非存在簡直就是失去的樂園。」「在我誕生之前，已走過無盡的時間；我在這段時間裏是甚麼呢？」「居住在徙置區〔香港第一代公營房屋〕，矚〔觸〕目皆是低級趣味與忙碌辛勤的圖象〔像〕，又是一年了，四時更變化，歲暮一何促，我〔盧麒〕徘徊在徬徨與幻滅之間，且實際生活更脫了節，一切皆失常得難以使人置信。」盧麒參與及帶領示威，其後騷動，被捕，上庭，後因偷單車入獄，出獄後無業，住在吊死地點陌生「友人」住處，示威到上吊，十一個月。「我弗得再和我姊姊等交往，孤寂的靈魂像死水般靜靜的朽存著。」「朽」與「存」，盧麒的屍體照片，還像一個孩子，衣袖捋起，褲子半脫，雙眼緊閉，沒有甚麼表情，並不痛苦。蘇守忠見過他的屍體：「次日，我往紅磡檢〔驗〕屍間去認屍，除發現他胸前給驗屍官剖開過，又像恤衫拉鏈一樣給針縫起來，他腰下呈現瘀藍色，而且大腿皮膚已出現一些水泡，但他臉部沒有瘀腫，好像跟平日沒有兩樣，只是牙縫與指甲間有血絲」；這一屍體曾「很願意繼續與妳作心靈上的交往，這是真誠而悲哀的。」「祝學業進步」寫信的日期是「本月八日」，即他死前十四天。叔本華說的「大自然」：「她聽任每一動物，甚至每一個人遭受最無謂的變故的打擊，而不施以援手。」「個體的生與死對於她而言是無所謂的。」「每一個體性都只是一個特別錯誤和不該邁出的一步，是某樣本來最好就不曾發生的事情。」「生活真正的目的就是讓我們迷途知返。」

盧麒的母親在他的出生證明書的名字是「呂凝」，死亡證明書是「呂秀英」，四十六歲，教師，死因是multiple fracture suicide，估計跳樓自殺。盧麒形容母親是「東南亞第一美人」。

「母親逝世後和嬸母同住。」「其母一九六三年病故（自殺），不久其姊由大陸抵港，最初兩人同住一起」「但其姊已遷離原居。」騷動發生時，盧麒報稱住在馬頭角道與「一名在茶樓工作的楊姓朋友以五十元月租」「租了一中間房，內中僅有一張板床及幾張椅，一片凌亂，經濟情況並非充裕」。他死後一名自稱「a close friend of Lo Kei」，於一九五九年九月與盧麒同讀「漢華中學」，課上坐他隔鄰，盧麒當時初入學。這位同學稱盧麒「頗聰明」，並稱盧麒當時與母親住在銅鑼灣怡和街，「when he first studied in junior middle school, he even did not know the English letters A, B, C, because he had just arrived in Hong Kong from Chungsan. ...However, only one year later when he was promoted to junior

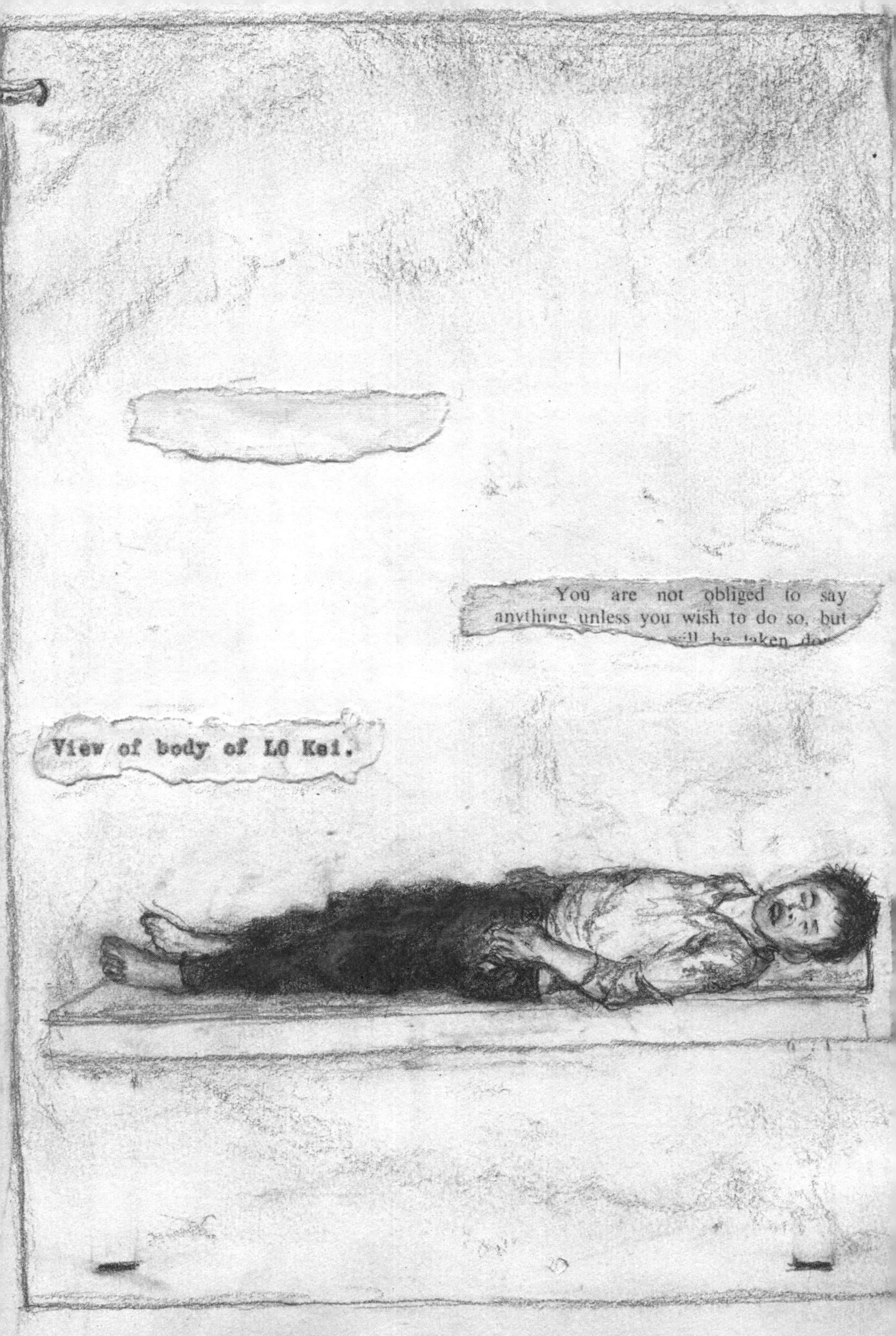
You are not obliged to say
anything unless you wish to do so, but
View of body of LO Kei.

middle two, he could write in English quite well, his mother taught him English at home.」後來盧麒離開「漢華中學」，一九六一年，這位同學就沒有再見到他，直到一九六六年二月，一天盧麒去找他，手執香煙，戴了眼鏡，穿一件紅夾克。盧麒向他稱，母親癌症死，他自己一個住，沒有和他嬸母或姊姊住。

盧麒的出生證明書，由接生婆報一個普通地址可能是留產所出生，父親的職業是「店主」。「他的父親似乎一向在中國居住，在一九六一年就在那裏逝世。」他作供說，一九五三年至一九五九年在廣州〔A Close Friend of Lo Kei稱盧在中山〕讀小學，然後來香港與母親一起居住。「漢華中學」是一間左派學校，同學稱盧麒兩年後轉到「新法英文書院」就讀小六，即降兩級。盧麒後來又轉去「威靈頓書院」，一間私立中學，最後到「德明中學」，國民黨背景，至一九六四年九月讀至中四時離開學校工作。

盧麒沒有一份工作做得長，做過南海紗廠，只做了一個月，送火水做了五天，新新織造廠，一個月學徒，大同織造廠，不到三個月學徒；國泰織造廠，半個月，美亞鋁品公司，有七個月左右；製鞋公司、製衣公司、另一製衣公司做包裝工人，華商進出口公司當經紀。到六六年參加示威騷動，十幾個月期間做了十份工作，「和工頭吵架，頂頸而去」。盧麒認為「工作的制度不合理」「有時他一定要從早上十時工作至下午十時為止」，而且所賺甚少。他的朋友稱他「袋裏不會有超過五毫子」，「請他吃晚飯」。這個舊同學的父親覺得盧麒「didn't speak properly」，叫兒子不要和他來往，他來找也不給他進屋，所以盧麒就沒再找他了。

「盧麒在香港只有一位怕事的姊姊，和一位厭惡他的叔父」，盧麒吊死處的「友人」向警察稱，「他去尖沙咀一間教堂去找他姐姐，並留下一張紙條。那次他與我一起去，但有幾次他自己去，我不知道他有沒有見到她。」盧麒死後，警方公開表示欲與他的姊姊取得聯繫，發現屍體後兩天，盧麒姊姊盧康委託律師樓將盧麒「秘密」「悄然」「草草」葬在和合石。

「連日來行踪不明，首先支持蘇守忠絕食反加價的青年盧麒，經被警方拘控破壞宵禁

因・其屍體於昨日一・其

令及非法煽動群眾破壞安寧。」「盧氏昨（一九六六年四月十二日）晨再在北九龍裁判署提堂時，對所控兩罪以英語表示『不認罪』，結果，警方對首罪不起訴，次罪今（四月十三日）在中央裁判署提訊。」十三日審訊時，控罪改為：（一）：本（四）月六日，在九龍地區煽動暴動（二）同時同地，發表演說煽動群眾破壞公安。裁判官聽取証供後，被告還押，待感化官報告。這天他穿天藍色短褲，灰藍色長袖恤衫。四月二十二日，裁判署判定盧麒第一項控罪不成立；第二控罪成立但「鑑於被告年紀很輕，可能不知道其引起的後果。」因此輕判簽保五百元，守行為三年。盧麒還押被釋那一天，穿白恤衫，短西褲，「在中央裁判署辦妥簽保手續後，隨即到警署領回包頭」即犯人物品，有黑框眼鏡一副，白襪一雙，以及一個斗零即五仙硬幣。「一位姓葉的雜差（便衣探員）以他沒有錢乘船渡海，給予他兩角硬幣」。「各報記者見盧麒離開警署時，即……隨他到荷李活道瑞香茶樓飲茶，當時盧麒顯得肚餓了，他要了『上湯會（燴）飯』和一碟『排骨河粉』，狼吞虎嚥似的，很快便吃掉了。」「記者問及他將來的志願時，他強調將來要做一名政治家或企業家。」「一名善心的老記在『未來的政治家』離去前，給與他一元，使他能由荷李活道附近坐巴士到碼頭，渡海，再乘巴士返回觀塘的家。」盧麒自視甚高。「九龍騷動調查委員會」聆訊的第十天，盧麒被問及，向港督府請願那一天的告示牌，下簽「虎落平陽」四字，盧麒稱在校因為牙似老虎，所以小名「老虎」。「You like the name, do you?」「人人有個花名，有花名是閒事」。同時參與示威及帶領騷動並認罪的混血青年盧景石Brian Raggensack，說盧麒在示威騷動中「像一位將軍，或一位訓練員，走來走去，叫群眾停一停，向左轉，向右轉，把標語舉起」。「盧麒在作供時，在室內走來走去，高聲呼叫，手舞足蹈的有如在做戲。」「你認為這麼多人認識你，是否值得高興，很光榮？」「盧說：一點也不，我毫無光采之處，我現時僅被人指為單車竊賊。」

「盧麒，無固定職業。本月（一九六六年五月）四日，由九龍入元朗養傷。」盧麒向九龍騷動委員會作供，騷動後被捕，聲稱在警署羈留期間，「曾被二十至三十名排成隊伍的警員毆打達千拳之多」。「盧麒還表示五月十日袋裏囊空如洗，共有八至十張當票，半小時前，身上還有七毫子」「還有隻錶，可以典當」「當時兩人〔偷單車案另一被告及盧麒〕曾透露無錢搭車返九龍，證人便約他們於同日中午十二時，在元朗戲院外面等候，屆時證人出九龍，可代付車資。」盧麒被控意圖偷竊一架價值四十五元的帆船牌單車，「經法官再三盤問後，盧麒始承認當時環境困難，法庭准以一百元保釋候審，但籌不到保款，當日無法與姊取得聯絡。」「因盧麒無法繳保款，被羈留一星期。」此案盧麒罪成，判監四個月。

一九六六年八月八日，盧麒早上十一時於芝蔴灣監獄出獄，「出獄的十四小時內，當了唯一的手錶，又因失去眼鏡，到處流浪。」「他在監獄內做工作時得的金錢已經在登上碼頭的一刻用清光。」單車案的同案姓楊，與盧麒在馬頭涌道分租一個房間的友人同姓。盧麒死時找到的紙張，其中一張記：「〔一九六六年八月〕九號到陳家〔死時的『友人』家〕居住」即，在蘇守忠家過了一夜。陳姓「友人」：「(8.8.66) until that night, I〔陳〕called at So Sau-chung's place〕「The following morning, 9.8.66, I met LO Kei again in SO's home and we all crossed over to Kowloon...on the night of 9.8.66, LO Kei accepted my offer and stayed at my home（吊死現場）」。吊死盧麒的恤衫，陳姓「友人」聲稱原來是他的：「I had it before I met him, but he used to wear it after he came to live with me. Sometimes I used to wear it as well.」這位陳姓「友人」稱，盧麒無一遺物，衣服都是該公司給他穿的。不過，第一個到達吊死現場的警員稱，「根據指示」，（當時他與陳姓「友人」送屍體入院後，同返現場）他檢獲盧麒的遺物，包括「一對拖鞋，一件T恤，一條白短褲，一對白襪，一條領帶，現金港幣五元三角五分，一隻天梭手錶，一支派克墨水筆，一King Gas牌打火機，一張名片。」盧麒於六六年四月二十二日於中央警署因煽動他人破壞公安罪定罪後被釋，曾向記者表示要馬上找工作，以「搵翻一筆錢做翻套西裝」。一九六六年四月三十日，盧麒出席一個政治籌款記者會，穿了一套深色西裝，結斜紋領帶，戴領帶夾，黑框眼鏡。

貳：

十九歲混血青年盧景石，見到呂鳳愛：群眾之中的快樂，很快變質。

十九歲混血青年盧景石Bryan Edward Roggansack〔後稱**Brian Raggensack**〕於一九六六年四月四日，下大雨那一天，去了中環天星碼頭，大約是下午五時。當時他見到絕食青年蘇站在行人路，雙手舉起，大約有一百人圍觀。盧景石留到晚上八時回家，「I〔盧景石〕stayed there for three hours trying to realize if it was doing any good, and to learn more.」他住在尖沙咀金巴利道，和母親和她的兩個姊妹同住——歡場中人，互稱姊妹。結果他於晚上一時再回到中環天星碼頭，見到蘇仍在那裏，蘇見到他，和他握手，叫他參加。四月五日約下午二時，盧景石再次回到中環天星碼頭，見到有三四個年輕男子，手持標語，其中一個是盧麒。盧麒穿著一件紅風衣，上書中英文反對加價，當時有三百人左右集結。蘇叫他站在欄杆上演說，他用英語，由蘇守忠傳譯成中文。「Only a few people clapped.」

The witness, Brian Edward
Raggensack,

這時他見到呂鳳愛。

蘇記得四月四日，即他見到盧麒同日，見到呂鳳愛：「是當日黃昏近七時了。這姓呂的，有點像美豔而直率的大學女生，後來才知道只有十七歲，是一所小山寨廠的中文會計。」她說她於四月四日早上上班時見到蘇。第二天（清明節）她下午放工時才停下與蘇談話。蘇守忠於四月五日下午四時被警方拘捕，帶返中央警署。

四月六日早上八時（半），盧麒到呂鳳愛在通菜街獨自居住的地方（閣仔；差不多上格床床位）找她，一起去吃早餐。前一晚他們遊行示威，盧麒問呂鳳愛拿地址。他們一起去西區裁判署，革新會，港督府，然後她回家，盧麒去了商業電台接受訪問。有人送信到呂鳳愛家，叫她去大律師貝納祺的辦公室，並在此見到盧景石。他們和其他人去麗的呼聲看新聞片，盧景石與呂鳳愛一起吃飯，晚上九時半盧景石陪她回家，但九龍區因為暴亂，巴士停駛，巴士司機告訴他們，群眾在普慶戲院集結。十時後，「（翻譯）盧景石有點驚，因為他怕盧麒會參加示威。」「十一時我們行向佐敦道。彌敦道上很多人。有的人在喊叫，但我〔呂鳳愛〕聽不清他們的話。他們到處都是。他們看來很緊張。」「我〔呂〕這時很想回家，但我不知怎樣做。催淚氣來了，群眾散入小街。盧景石和我走入西貢街。」有個年輕中國男子告訴盧景石，在尖沙咀天星碼頭有另一批群眾。盧景石叫她自己回家，自己走了，她想他要去尖沙咀。呂鳳愛那晚沒有回自己的住處，而是去了母親在新填地街的天台木屋。呂鳳愛有七兄弟姊妹，六個和母親住這間天台木屋，弟弟和祖母另住。母親是小販，父親行船，通常不在。

盧景石記得行至佐敦道彌敦道交界處，見到盧麒，「a person whom I know, but I did not speak to him」。這時他仍和呂鳳愛一起。當時彌敦道有幾千人集結。催淚氣發射，群眾向後退，大叫大喊。在西貢街「Here I was joined by other people I know, forming a crowd of about 100. I became leader of the group」並帶領這些人沿金巴利道至總統酒店。盧景石曾在總統酒店做過一個月門僮，被無理解僱又不給人工。事後他向警方承認，他為個人恩怨「I expected just to break one of the windows of the hotel」，「As far as I know nothing was thrown at the hotel.」他被辭退是因為經常遲到。

盧景石於一九四七年十一月在香港出生，父親為「美國海軍軍官」，「他是由母親撫育成人的。他顯然從小就沒有和父親往還。」他向記者聲稱，父親是中國人，母親是西班牙人。他母親有一個葡萄牙姓氏，Da Silva。他拍過一部電影《花癲大少》，一九六五年出品，新馬師曾、南紅主演，盧景石有一個小角色，扮演醫生，有兩三句對白，他的廣東話十分純正，體型看來頗高大，相貌端好。盧景石很喜歡看電影，差不多天天去，尤其是有關二次大戰和十四至十六世紀的歷史電影，母親叫他不要花錢看電影。他希望像他母親，可以說日文、國語、法語、西班牙語，「其母在生病之前，也在一間夜總會工作」「家中只有他同母親二人」。他自己在騷亂較早時候，每個週末到「金鳳凰夜總會」唱歌，每次二十五元。不過另一次他說，「與兩個妹妹同住一間房，一個十四歲，一個十歲。」〔其母亦稱有一個較年輕女兒〕盧景石在六六年二月有一次偷竊案底，相信是輕微罪行，簽保五百元，守行為一年。葉錫恩的代表律師，曾於六六年七月探訪盧景石的母親，當時盧景石因煽動他人暴動罪，判刑九個月，由於他較早前的案件，正在守行為期間，需交五百元保金，他表示沒有錢，加監一個月。服刑期間他母親在病，〔「she said they〔高級警官〕brought sweets for the young daughter」〕但盧景石告知她，在服刑期間被打。在「香港會」相信做媽媽生或稱經理的母親，認識不少高級警務人員，亦與他們的太太稔熟，包括反黑組的警司，希望利用她的關係保護她兒子，但後來她得知，其他犯人打她兒子，而不是警察或監獄職員。盧景石出席聽證會時，一腳不便，需要坐椅子。

盧景石離開監獄時，表示知錯，甚麼工作都做，但希望可以教舞。

最後一次有關盧景石的報導，於一九八〇年，深水埗與大角嘴區，於三月下旬間發生一連串縱火案，警方拘獲一名英籍男子，B. E. Roggensack〔Raggensack〕，三十三歲，被起訴於四月七日兩項縱火罪：一，在旺角花園街近太子道垃圾收集站意圖縱火；二，同日在旺角通菜街一七九號意圖縱火焚燒一架小型貨車。盧景石承認控罪，四月七日凌晨二時四十五分，因飲過量酒，至一時亂性。法庭判簽保一千元，守行為十二個月。

盧景石起碼兩次被告都認罪。相信六六年二月那次偷竊案輕判，也因為他認罪。

歡場女子，遇上美國海軍軍官，所生兒子是貌好的盧景石Brian Edward，父親叫Edward，B. G.希望做電影明星、歌手、跳舞教師。他「沒有受過很多教育」「知道政治也很少」，七歲到葡國學校讀過兩年書，「My family situation wasn't very good,」「在他九歲至十四歲的時候，他就要輟學做看門小童或侍役的工作。」一九六〇年，即他十三歲時，他曾到「易通英專」Eton English School——也是呂鳳愛曾就讀的一間英專夜校，呂鳳愛在一九五五至六五年即她六七歲至十六七歲期間，曾就讀十二間學校；她出生於一九四八年十二月；並曾在剪刀廠、原子粒廠、事發時在電筒廠工作——讀了三個月：「學費是由他母親的一個朋友支付的」，有理由推斷，這是母親的男朋友。「不過，在他入學後第四個月，那人便停止支付學費了。」最可能情況，男子與母親分手。「所以他就在金巴利道一間酒吧當看門侍役」。他被控煽動他人暴動罪上庭時穿花格夏威夷恤，藍西褲，

「不鞋不襪」，可能穿拖鞋，或赤足；並報稱「無職業」。「騷動發生時，他的職業是自由活動的旅遊响〔嚮〕導，收入極不穩定。月入顯然約在一百至七百元之譜。」

「Raggensack, a slender dark-haired youth, gave his evidence in a quiet, subdue manner.」——盧景石作證時安靜而收斂——與盧麒自稱「業餘拳擊家」「高聲呼叫，有如在做戲」的激烈，幾乎是相對的極端。葉錫恩記得盧景石，對他沒有好印象，他看來與其他人分離：「he seemed detached and a busybody but not “angry” about injustice.」——busybody，「多事者」「即使他人不需要或不喜歡，仍會給意見或試圖幫忙」。葉錫恩的公共形象為「為民請命」，絕食青年不點名的稱她「意氣風發的好議員」。她認為盧景石對「不公義」不夠憤怒。

一九六六年四月五日下午四時，蘇守忠被捕後，群眾開始集結，盧麒、盧景石、及其他人，前往港督府請願，呂鳳愛害怕被捕「I was frightened that I might be arrested like So」，過了海去九龍天星碼頭，後來和其他人，前往港督府，要求釋放蘇守忠。其後他們一行人去政府合署西翼找市政局議員、反對天星小輪加價的葉錫恩。一行人又去了中央警署要見蘇守忠。其後他們和葉錫恩去了跑馬地黃泥涌道四十三號地下見蘇守忠家人。晚上九時十分左右，盧麒、盧景石被見帶領群眾遊行，這時呂鳳愛已經很疲倦，「and, therefore, I returned home.」當日她穿了一件灰色毛衣，天氣微涼，「最低氣溫為攝氏十六度」。

「六日破曉之前」「九龍與港島兩區的指揮官已命令所有分區警司組織各該地區的緊急警隊」「在警隊採用緊急體制之後，每區動員等於軍隊組織一個連的力量。」署理高級助理警務署長Norman Donald Rolph作供，當晚群眾在旺角區；「十一時五十分」示威人士在「彌敦道平安酒樓」，從尖沙咀行向旺角及深水埗區；旺角區之前其後，曾發生數次暴動：一九五六年因拆國民黨旗引發九龍暴動，於十月十日下午十一時：「旺角地區在晚上時候，經常人群擠擁」「各隊歹徒，開始暴動，車輛被人擲石，而正規警察，亦有幾名受傷。在此區域之中，暴徒劫掠，亦有多起，此種暴徒，大部份係和字派之三合會員」；一九八四年的士獲准加價，同時增加的士牌費及首次登記稅，的士罷駛癱瘓旺角區，群眾乘時縱火及搶掠；二〇一六年農曆年初二因旺角朗豪坊對開砵蘭街小販擺賣，支持小販的群眾與警方衝突，有人放火；六六年四月五日這一晚，群眾「moved in a fairly orderly manner」，當時氣氛「exuberant」。「九龍騷動調查委員會」報告書中文版本翻譯為「群眾的情緒據說已達嚷鬧不堪的程度」，但exuberant卻有快樂、興奮的意思：「full of energy, excitement and cheerfulness」「characterized by a vigorously imaginative artistic style」「growing luxuriantly or profusely」充滿活力、想像的藝術形式，豐盛而奢華的生長；「大部份是年青人」，到午夜「人數已增至四百左右，幾乎全部是青年和兒童」：青年和兒童面露笑容，舉手拍掌，不少人穿著短褲和拖鞋。「People in the buses turned up their thumbs, shouted and clapped their hands」盧景石晚上十時四十五分左右，帶著五六百人，他們「were cheerful, with laughter, and people enjoying themselves」，大家都很快樂，歡笑。問：「盧麒他緊張，平靜，或快樂？」盧景石沒有正面回答：「Sort of, well, like somebody having a union meeting, calling out to the crowd」，盧麒再演說後，群眾氣氛便變了，當群眾穿過九龍，至石硤尾徙置區時，「The crowds are getting out of hand」。盧景石這樣他便回家。

那一晚盧麒自己說，雖然很疲倦，但很快樂。並稱他並非享受示威，「we felt we were demonstrating for what was right」。

「沒有一個參加遊行的人超過二十五歲。」十五或十七歲的學生歐陽耀榮，一九六六年四月五日那一天，原來想與朋友去旅行，當時他在灣仔西南中學讀中三，住在廣東道與佐敦道交界處，當晚他參加遊行，因為「飢餓及疲倦」，十一時半左右回家，他媽媽罵他「多事」，這時他聽到聲音，群眾從佐敦道跑向彌敦道，他跑到走廊去看。

那一天旅行取消，他坐了渡海小輪去中環天星碼頭看絕食青年，早上十時，沒有見到他，因為蘇於凌晨二時以後，回了家睡覺，第二天早上十一時才回到碼頭。他沒有離開，「看不到那位絕食的青年，於是便在大會堂四周散步。」他成為第一個參加絕食青年引發的示威行動的人。

這天「密雲，氣溫較昨日清涼。」歐陽耀榮第一次見到盧麒、盧景石、呂鳳愛、和「被工廠開除」的排字工人譚日新。歐陽耀榮見到絕食青年蘇守忠，蘇叫他提著一反對標語紙牌，他和另一名男子過九龍支持行動。在九龍天星碼頭，歐陽耀榮爬上一個垃圾桶頂演說，反對天星小輪加價，半小時後他見到譚日新，叫人在一本練習簿上簽名支持他的行動。呂鳳愛來告訴他，蘇守忠被捕了，他們一行便去港督府。見到盧麒，也一起去政府合署西翼市政府會議室找葉錫恩。之後他沒有跟盧麒等去看中央警署，跟其他人回到香港天星小輪碼頭等，盧麒、盧景石、呂鳳愛回來，跟他們過九龍天星碼頭。

群衆之中的快樂，很快變質。

四月六日這一天，「密雲，有時有雨或行雷」。歐陽耀榮早上回到中環天星碼頭，「沒有見到任何人。再返回九龍方面碼頭，見譚日新獨自一人在紙皮上用紅漆寫字，便上前叫他回家。」「我在報章上看到前一夜在李鄭屋有人投石，我認為他一人甚為危險，便叫他回家。」他說是讀《工商日報》。但四月六日的《工商日報》，並沒有這樣的報導。「他〔譚日新〕當時在哭泣。」警方反飛組主任會晤譚日新後，「他似乎不是『阿飛』型的青年」「相當鎮靜，而且十分講理」「對生活程度之高漲有強烈意見」。「他〔譚日新〕為何哭泣？」歐陽耀榮說不知道。他在一天之前第一次見譚日新，相識時間二十四小時，或多或少。「不久有警察到來，說譚阻街，並給他五分鐘考慮離去與否，但不到一分鐘，譚已被捉上車。」

「我很害怕」是歐陽耀榮被捕、控以煽動他人暴動罪、「之前我被帶到雜差房被毆打一番，叫我認証供」、並在服刑前間，他在一次聽證會講了四次：「〔翻譯〕在法庭我很害怕因為有兩個探員站在附近，我被告知如果我不認罪便會有麻煩，案件會押後，我就會在警署羈留」「我不記得是那一個，當時我很害怕〔被問及哪一個人告訴他〕」「我現在記不起來，當時我十分害怕至混亂〔被問及向他取口供及記錄他口供的警員是否同一人〕」「當起訴我時，我十分害怕及混亂〔被問為何他有不在場証據上庭時又不向裁判官說〕」。作供時報稱歐陽耀榮十七歲，但「九龍騷動調查委員會」報告書記歐陽耀榮「一九五一年、生於香港」，被控罪時一九六六年，即十五歲，被判入獄九個月。香港的《少年犯條例》於一九三三年訂立，一九六〇年的修訂本，「young person」為十四至十六歲少年。少年及兒童除被控謀殺，所有控罪不能於兒童庭以外的法庭聽審。

「本月九日解往百名人犯，其中約有六十名青年。」「彼等由監獄派有一艘灰色之政府專輪送至芝蔴灣監獄碼頭，每兩人扣有手銬，有穿西裝，有穿恤衫西褲，其中有赤足無履，率皆衣衫不整，顏容憔悴，登岸後，各犯人被令〔踮〕低，旋由一位監獄署西籍警官點收，並將之押進監房。」四月六日晚，盧麒「晚飯後，〔這時盧景石與呂鳳愛在沒有巴士的彌敦道行走〕我們〔他與群眾〕沿著彌敦道走向倫敦戲院〔在彌敦道和柯士甸道交界處〕，在這裏我們看見一大群民眾作示威抗議」「當我們到達普慶戲院〔彌敦道近加士居道〕，有人向軍警拋擲石塊和任何近便拿得到的東西。當時情勢非常混亂，而群眾又充滿敵意。」「然後我〔歐陽〕看見警察向大眾拋擲催淚彈等等。車輛被焚；有吶喊聲；有更多人參加並將更多東西向警察和軍隊拋擲。有些人倒煤油。」情勢緊急，四月七日凌晨一時三十分，港督戴麟趾爵士下宵禁令，至清晨六時。港督發給倫敦殖民地事務大臣Secretary of State for the Colonies的電報，「The police has so far opened fire with firearms with self defence」，即警察向群眾開槍：「為了自衛。」當晚動員約三千名警察。發射的有催淚彈、木彈、點三八口徑左輪槍彈、九米厘手提輕機手槍〔Sterling SMG；每分鐘可發五百發〕彈、點三口徑卡賓槍〔輕型半自動手槍；火力比SMG大，射程較遠〕彈。倫敦殖民地事務大臣四月七日晚發給港督的機密文件顯示，當日下午二時三十分，英國航空公司的航機，緊急運至香港二十四箱333/66防暴子彈。「盧麒站在一私家車上向群眾演說，不久之後該區發生普遍暴動，停車收費錶，『靠左走』交通牌及其他交通標誌被毀。」「他〔反飛組主任〕看見前面有一個十四歲男童故意地及瘋狂地搗壞兩個停車錶及一個『靠左走』交通牌。這個孩子看來很粗野和憤怒。但他被捕時立刻對自己剛才的行為表示十分抱歉，並淚流披面懇請把他釋放。」這次暴動警方拘捕了七名十二歲以下孩子，不予起訴，七十六名十二至十五歲的少年，五十一名被起訴。

凌晨十二時以後，警察在亞皆老街向人群開卡賓槍，「一排射群眾頭頂上空，另一排槍射他們的腳」。

英軍女王舊步兵第一營於上午四時四十五分在窩打老道區巡邏，協助執行宵禁工作。

盧麒於早上五時，因違反宵禁令被捕。「據同居〔分租一個房間的楊姓青年〕男友稱，日〔四月九日〕前下午，他曾一度返回居所，俄頃被兩名雜差請往警署」「神秘失踪」「音訊全無」「不知下落」。

呂鳳愛忘記哪一天被警察帶走，但應該是四月十一日。那一晚午夜十二時三十分，有幾名警察，包括一名督察，一名女警，將她帶返旺角警署，後轉往灣仔警察總部。一直到第二天晚上七時左右才放走。所有時間都被問話。但沒有起訴她。

盧麒上庭後又被帶回旺角警署，這裏他聲稱被毆打。「本月〔四月十六日〕被請往〔灣仔警察總部〕華民政務司署，一名姓何的秘書……曾強逼他〔盧麒〕承認是呂鳳愛的丈夫。」

盧麒死後，屍體被發現的第二天，一九六七年三月二十四日，警方「急晤呂鳳愛小姐及盧祺〔麒〕胞姊」；呂鳳愛「表示自調查委員會結束後，便無與盧會晤」「她現在英文中學讀F1，過著正常的生活，對於盧的身後治喪事，不欲參與。」

呂鳳愛第一次沒有出席調查委員會作證，第二次遲到。

呂鳳愛
四月六日
一天
盧麒
去找呂小姐
時

盧景石四月六日晚和呂鳳愛分手後，被一名高級督察看見，十時半和盧麒一起，帶著群眾從佐敦道走向油麻地。和他在聽證會作供，見到盧麒但沒有和他說話，並不吻合：「At this point Lo Kei was leading the crowds.」「他向我們作供時，通常似乎極想把盧麒指為當時的主要領導人。」他供稱當晚至凌晨一時十五分至三十分左右，經過總統酒店後回家。「On the following day he was invited by the police to make a statement」即四月七日。第二天他作供，卻稱四月八日被邀到警署落口供。「April 9 he was remanded in police custody」，葉錫恩的口供指盧景石打電話給她時是四月七日晚上，「The next day, April 7」「That evening a man who called himself Brian Edwards telephoned her〔葉錫恩〕and told her he was afraid to go home because he was going to be blamed for walking down Nathan Road during the riots」；盧景石四月七日晚不敢回家。他在聽證會作供，從沒提及他於四月七日的活動。「On April 8, a woman had called her〔葉錫恩〕to ask help for Brian Raggensack who had been arrested and she later referred Raggensack's mother to a solicitor.」更可能盧景石

於四月八日被邀往落口供或被捕。盧景石於六六年四月十三日在南九龍裁判署被提控，「被告盧景石，十九歲，無職業，自認台灣出生〔出生登記顯示，於九龍聖德勒撒醫院出生〕」「被控四月六日，在九龍地區，參與暴動」。〔四月七日的沉默空白〕。

盧麒被捕並在旺角警署羈留，另一證人、被控煽動他人暴動及破壞產物、判入獄兩年、在吉隆坡出生、三歲隨母親回中國、十一歲來港、讀完小學便出去做學徒、工廠工人、散工、後來進監獄署做了六個月，因行為不檢被投訴三次而退職、又在咖啡檔做兩個月、失業、二十一歲的李德義，稱在警署見到「很多犯人，個個都手損腳跛，又見到盧麒，當時見盧面青青眼光光」。李說自己「示威我就有，暴動我就無。」「你怎樣被人利用？」答：「這是盧麒叫我去督憲府，拉我落水的意思。」

四月七日早上六時，撤銷宵禁令：天亮以後，「彌敦道和亞皆老街街口被推翻車輛」，路上只有幾個人。「上午六時三十分〔警方〕派隊在灣仔碼頭監視，不許人聯群結

我會不會愛你多一些

隊過海」「九時五十分，空軍直升機在尖沙咀上空監視，低飛偵查地面行為」〔我們都記得，一九八九年六月四日早上，北京長安大街十分寂靜，只有直升機在低飛盤旋，單調的槳葉切空、引擎聲音。我們想，如果有一個人走過。〕「重慶大廈門前，有陸軍手持自動步槍，並上刺刀把守。至十時，尖沙咀油痲地區仍有直升機在天空盤旋」〔如有這一個人，遇上另一個，會不會停下來，相望，這暴動後的清晨。〕〔「我會不會愛你多一些。」一如有人說。〕「南九龍裁判署共審訊二百七十宗在騷動事件中被拘控的案件」。

這一天，「密雲，上午有幾陣微雨，下午間有陽光。」「天氣和暖，風勢輕微或和緩。」是春天。

呂鳳愛前一晚回到母親在新填地街三九五號的天台木屋，此處在山東街附近，相鄰平行是廣東道，離眾多車輛被推翻的亞皆老街一條街。〔四月六日〕「下午十一時五十三分，在北段巡邏的衝鋒隊第八號警車報告說它在豉油街彌敦道交界處被襲擊」「一群約四百名高聲叫喊及懷有敵意的暴徒從南方行來」「群眾立刻擲石，將司機位玻璃打破，並放火燃燒由附近修路工地拆下的木料」「警佐就向帶頭的人膝部發一槍」「警佐又發兩槍，無線電生發一槍。」「警察共發射左輪五響。當時未見傷亡，但隨後似有一青年中槍。」山東街平行是豉油街，呂鳳愛當晚過夜處，下樓走到開槍現場，約二百米距離。彌敦道亞皆老街口「時約子夜，人聲鼎沸」。十二時十二分亞皆老街口香港上海滙豐銀行的警鐘響，有人在銀行外燒車，包括稱「〔盧麒〕拉我落水」的證人李德義，「有五百到一千人在旺角彌敦道口走來走去」；警察開卡賓槍〔見前述〕——呂鳳愛會過了一個非常嘈吵並夾有開槍聲的晚上〔如這人沒法入睡的晚上，會不會想起，心之悸動〕。呂鳳愛在這個暴動又有人受傷的「第二天早晨，她過海見到蘇〔守忠〕，由歐陽耀榮〔十五或十七歲學生，另一證人，見前述〕陪同。」呂鳳愛曾跟一行人去過蘇守忠在黃泥涌峽道的家。暴動之後的早晨，她與歐陽耀榮〔「〔暴動首晚〕，大約在晚上十時半，他〔歐陽〕帶領一群示威者，沿著彌敦道而行。他首先用一塊磚頭把一個停車收費錶打壞，其他附近的人便跟著他的榜樣做。」「認罪後，他說，他給一個戴眼鏡曲頭髮的人利用了，要求減刑。」

抉心自食，欲知本味。創痛酷烈，本味何能知？

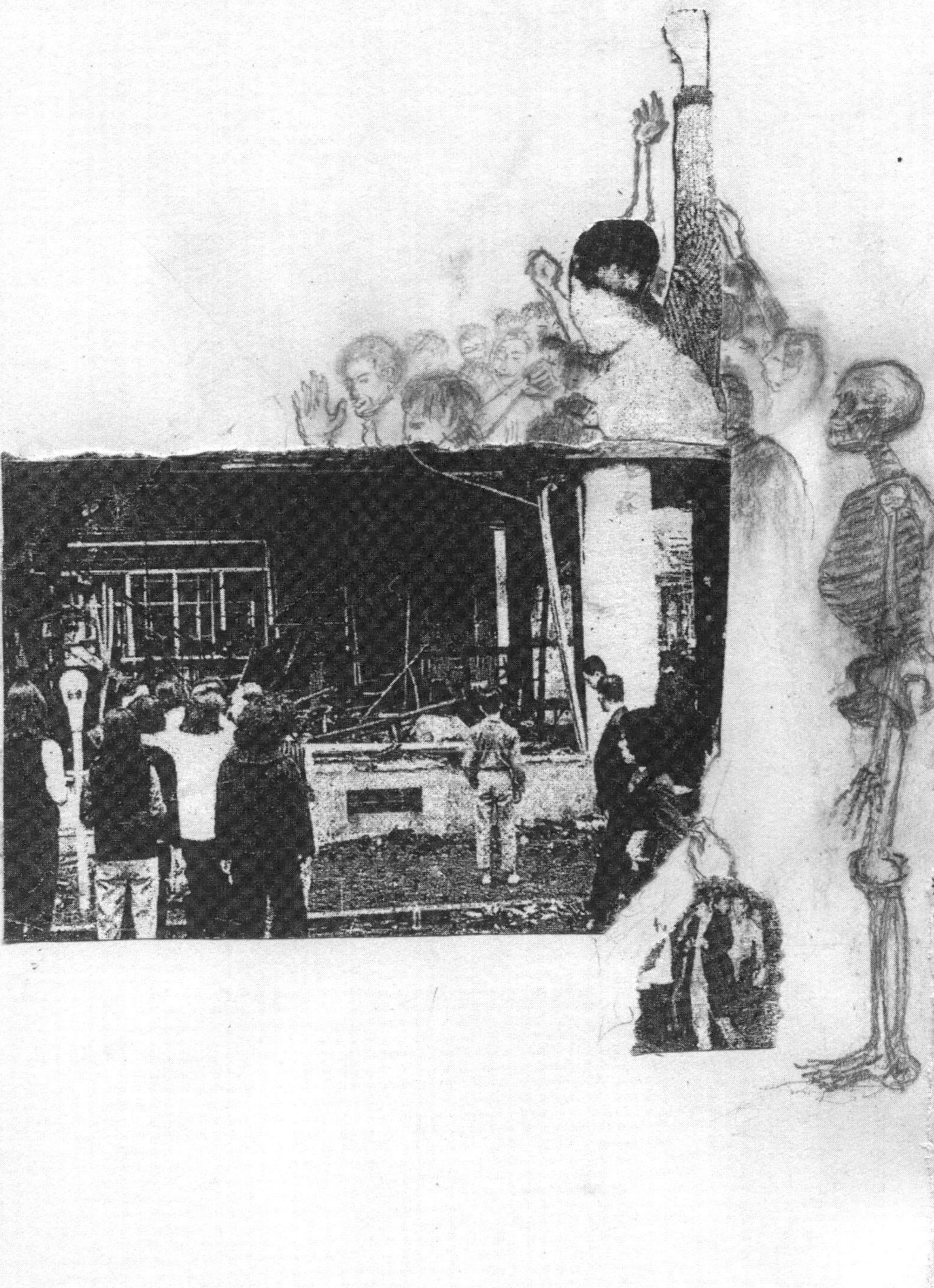

痛定之後徐徐食之然其心已陳舊本味又何由知

「〔懲教官〕寫了一份關於他和他家庭的良好報告，又說他是坦白和樂於回答詢問。法官在重審時，重視懲教官的報告，由而減刑為六個月。」〕和蘇守忠到中央警處，「〔蘇守忠〕到警務處見警務處長，他願與警方合作，和宗教團體和社會名流，一齊說服居民平靜。」「他說：警方答覆他稱，我以為無此必要。」

暴亂後的第二天，反對天星小輪加價、蘇守忠首天絕食即四月四日、曾到中環天星碼頭遠遠看望的葉錫恩議員、稱蘇守忠「聰明而勇敢」：當天「在示威中，有個北方口音男子，遞給我〔蘇守忠〕一張小紙條：『葉議員就在附近的長凳上。』」「後來，我〔蘇〕知道那位遞便條的男士原來就是杜學魁。」杜學魁與葉錫恩辦「慕光英文書院」，盧麒死時，杜「是香港防止自殺會的主席」「盧生前好友」「杜氏一向反對人自殺」。一九八五年成為葉錫恩的丈夫，Mrs Elliot名為Elsie Tu，杜葉錫恩。蘇守忠開始絕食行動時「手裏拿著前幾天《星報》〔The Star；一九六五至一九八四年間印行的小報英文報章〕的大字標題：『現在就行動起來，以免太遲而後悔莫及』——葉議員對天星加價表態」、在報章發表聲明：「呼籲反加價市民立刻停止遊行。」「我對昨晚〔四月六日首晚暴動〕發生事件深感悲痛，對未來亦引以為憂」「但此次悲劇隨之而來，仍在本人意料之外」。

四月六日至七日清晨，警方共發了七百七十二催淚彈，六十二木彈，左輪手槍二十八發，機槍三十三發，警務人員解釋，每扣動扳機機槍會有幾發子彈射出；「還要作……警棍攻擊」。記者的報導，該晚四人中彈受傷，報告書引述警方記錄的傷亡人數，整個騷動「三人中槍受傷」「接受私人治療的其他傷者，並無記錄」。

「我們認為懷有好意的人做事產生不幸的結果以後，不能因為他們是出於好意的，而可以逃避全部責任。我們所謂責任，其意思是指預先籌劃，小心與智慧，而且還包括對自己所採取的後果的顧慮。」「雖然警方已經在四月六日早晨察覺氣氛已達爆炸邊緣」「但是，葉錫恩女士對上述情況好像並無察覺」。「在那天晚上，當她從樂宮酒家出來的時候，她看見一群為數約十五六個的青年人，手裏拿著她以為是寫著『支持葉錫恩女士』的字樣的旗幟在彌敦道向南行看來極為兇暴吵鬧，正如她告訴我們，已接近於瘋狂的程度；

但她沒有勸阻他們，竟然登上的士回家。」〔是我嗎？〕

四月七日晚上，警方佈防較前一晚為多，超過四千人，其中彈壓暴動警察若干連，一千一百六十七人。「若干軍隊單位被派往各警署及在軍營中待命。」

「經過十八小時的平靜。」「不過，各証人都說在街上的群眾都有一種緊張的感覺。」〔恐怖的寂靜，如所有的等待〕。〔如我在人群之中，一個街角，天亮了。〕〔恐懼與勇氣。如果我們的人生，還有未知與等待。〕〔開闖麼。你還相信麼。〕〔即使所有都毀壞。在我最後的呼吸。〕〔我必安靜無告。〕「港督於今〔八〕日零時十三分頒佈宵禁令，該項命令由凌晨三十分開始施行，至晨午六時止。」「騷動的情形像前晚的一樣，群眾阻截巴士、汽車，加以破壞、焚燒、拆商店招牌修路用的木板，放置於路中心放火，及在商店搶劫，其中旺角美國銀行及電話大廈，曾遭攻擊，人人百貨公司被擊破櫥窗遭劫掠。」「輔助空軍及英軍於昨晚騷動時正式出動鎮壓，群眾以石塊、木棍、玻璃瓶與防暴隊的催淚彈和槍彈對抗」。﹝我們必然的失敗。﹞﹝如我記得的吳君。他死之前，還一直惦念：我沒有出賣同志——重要麼，各自離散。沒有人知道盧麒。他說，盧麒自殺。好像是對他的打擊。﹞﹝盧麒的同齡人﹞。「一名青年會在人群中站起來，向彌敦道的路心行過去，拾起一種做警告用的燈——」﹝一個焚毀的儀式﹞。油麻地登打士街，「半夜左右」「有一名男子被擊斃，另外一名被擊傷……死者名鄭仁昌，二十八歲，胸部中彈」。「到上午二時三十分，暴動已經停止。」﹝疲乏。失望。綣戀。﹞﹝誰是鄭仁昌？每一群眾爆發都要有人犧牲。有人死；如非就不完成，如半。﹞﹝天亮以後。有人叫了一杯咖啡。睡著了。﹞

第三晚四月八日至九日清晨，下午七時起至上午六時止，港督於下午三時半已經下令宵禁。那一晚，九龍及新九龍「各街道幾乎全無行人。」「直升機徹夜在九龍區低空飛翔，用強光探射燈搜索地面情況」「七人一組的防暴隊……在宵禁令執行前一小時，即在旺角及油麻地區巡邏」「旺角區各處街口，八時三十分後英軍正開始佈防工作，仍然動用有荊棘的鐵絲網架，站崗的英軍亦帶備投擲式催淚彈，裝刺刀的步槍及卡賓槍」。開槍殺死鄭仁昌那一晚，「人群比平時少。……人群主要是『小販、貧苦人家的兒童、遊蕩街頭的男童及失業的人』」。

盧麒吊死後，屋主陳姓「友人」供，「〔翻譯〕盧死前十多日，盧叫證人去替他買一部調查委員會報告書回來，當盧讀後，對証人說：『香港政府將一切責任推到我身上』。」報告書於一九六七年二月二十一日公佈，盧麒〔被發現〕死前十天會是三月十三日左右，即報告書發表以後三個星期。第一個處理屍體的警員供，救護車抵達，屍體送往伊利沙伯醫院，在醫院陳姓「友人」告知警員，「盧麒留了很多紙張，上有他的字跡，他懷疑與自殺有關〔翻譯，同後〕」。警員與陳姓「友人」回到發現屍體現場，「陳指出上格床上的一疊紙張。我〔警員〕看過，並將我認為與案有關的紙張，一共十二張，連同一份中文騷動委員會報告，帶返觀塘警署。」

這份報告書只稱盧麒和蘇守忠是「『不能適應社會的人』」「『狂妄的人』」，盧麒遺下的紙張：「盧麒非死不可了，難以傳奇的絕處逢生了，怎麼辦呢？八一三公司〔陳姓「友人」的公司〕又關了門，飯也難找吃，當局又說我不適應此社會」。報告書「示威者和騷動者」那一章，結論「參加示威遊行及隨後的暴動的大多數人都是普通青年，並沒有比香港街頭比較貧苦的一般青年更傾向於犯罪。」不過，這些「普通青年」沒有逃過刑罰，騷動中有四百六十六名二十五歲以下的青年人被捕及起訴，絕大部份入罪。

「獄四月，一水隔天涯，寒波沼，今有幸歸來最怕人面桃花同睡眠的關係」「我〔盧麒〕領盡苦楚，所得的結果，亦不外如是，而我又依然無恙，時間過去了，又告一段落。命運未給我帶來任何快樂」。「〔盧麒〕出獄後精神相當旺健，皮膚比以前黑些，是在獄中做工的結果。他判刑四個月，實際服刑八十天，」「服刑期內，擔沙抬石，築路，建屋，工作雖苦，食還不錯，入獄時體重一一七磅，出獄時增至一二四磅。他對未來前途，仍未有所決定，他對人表示，不管怎樣，必然向好的方向走。」「自四月許致〔至〕現在，真個變化萬千，長期的精神負擔過度緊張，……（看不清楚字跡）內心已感覺到無限疲倦」「似快要崩潰」「而近日更感心情極度惡劣，整天惶惶然，情緒不安定，談話時問非所答，有時更失魂落魄，神不守舍」。

參：「盧麒在無處可投靠之際」「誰令盧麒吊死？」

「**盧麒在無處可投靠之際**，在我（蘇守忠）的跑馬地的花園古老大屋中過了一個星期。」「盧（麒）前日（一九六六年四月二十二日）離開法庭（中央裁判署）後，前赴蘇守忠家居住。據盧表示，將在蘇家居住一至兩個星期。」盧麒四月七日早上五時被捕，當日即第一個出現於北九龍裁判署過堂提控，並還押羈留。「本月（五月）四日，由九龍入元朗養傷，找跌打醫生。這次元朗之行，志在避開人。」盧與友人楊金連（住元朗楊屋村）被控於五月十日於元朗福德街意圖偷一男裝單車，「於事發時，在元朗戲院附近（單車車主為元朗戲院一位帶位員），我（盧麒）和楊金連等友人鄭其山（鄭作證說和盧麒只是在元朗遊樂場（娛樂場）認識，盧是楊金連的朋友，『（與盧）相識只不過兩日，所以，大家只是新相識』），十二時正見面，鄭說如他不到則可取其單車，由楊載我到娛樂場（元朗娛樂場：粵劇場、溜冰場、球場、歌舞場、機動遊戲；離元朗戲院不遠，

二三百米的距離〕」〔鄭則說因二人表示沒錢出九龍，他也出九龍，可代付二人車資〕「後來，〔鄭〕因遇見其他朋友，遂將晨早所提及的事情忘記」「到十二時十分，楊找到一單車，叫我〔盧麒〕開鎖，我不懂，他取一小石塊叫我打鎖，我接過打不開，正想把石回給他叫他自己辦好了，就此時，有人說我打錯了他的車，」「我呆然不知，後來，我向他解釋說誤會吧了，他說算了，我就沒有上那一巧合經過的警車」「警車走了後，那人說一定要拉我倆回警署，於是我們就捕。」這是盧麒被捕後的口供。五月十七當了唯一的手錶，配同一對近視眼鏡。

宜麒昨日出獄後攝於蘇守忠家門前

日上庭時，「一名証人（元朗戲院帶位員部長）作供謂，他問盧麒何故用石頭鑿擊單車鎖，盧麒說，『我係政治部探員，你知我係乜嘢人』」。盧麒對蘇守忠解釋，「被誣偷單車」，「一名叫蝦仔的青年在街上親近他，指那欄邊的單車是他的，叫盧祺（麒）隨便拿去玩，但他忘記了鎖單車的鑰匙，於是（他）拿起磚頭就去拍打單車鎖……那名蝦仔本來就是警方收買的線人，立時就有便衣撲出」。

四月八日，盧麒在蘇守忠家過了一晚，下午一時半在「九龍皇宮酒樓」與蘇守忠見記者，「報告其被拘及釋放過程」。一張報章只見他們的照片，（他仍穿著前一天離開法庭時的一件白恤衫），沒有其他內容，另一只有前一天報導有記者會，連內容都沒有報導。盧麒死後，這件「去年」的事情才重提：「爆出秘聞，他以『盧麒招待記者會』開場，卻以『記者招待盧麒會』收場（可能指要記者付賬）（記者心存厚道，不明說）」「席上他向爆出聳人聽聞說他當時在遊行示威中曾被一衣履整齊青年男子用刀威脅下，與人群行至上海街，遇防暴隊，他被一警司捉住（登）上一部四號A巴士，但事隔不久遭人截停放火焚燒，他乘亂逃去，連衣服也失掉。」五月二十四日，盧麒向九龍騷動調查委員會作供，〔沒說被刀威脅〕但「〔晚上十一時十五分以後〕他〔盧麒〕曾被警察〔現場說警司〕推入一輛巴士以保護他」「他又說及乘搭沿著正常路線而行的這輛四號A巴士，看見車輛被焚，下車勸告人不要這樣做，看見瑞興百貨公司被搶掠」「他這段口供的態度和証供內容很不真實，而且很混亂、紛擾和帶有狂態」。

〔盧麒的想像或真實〕〔「被誣偷單車」〕〔「被刀威脅下，與人群行至上海街」〕「當日〔盧麒因偷單車被定罪，服刑期滿出獄那一天〕，蘇〔守忠〕亦邀記者對我〔盧麒〕進行訪問，高層秘密突然眾人都知」盧麒死後，邀他「同住」的陳姓「友人」稱：「〔翻譯〕我〔陳〕並不認識盧麒。他從芝蔴灣監獄出獄那天（8.8.66），我想在芝蔴灣會他但我們沒有見到。直到那晚，我去蘇守忠的家而蘇的父親告訴我我來之前沒多久盧麒與幾個記者去了跑馬地的錦昌茶餐廳並我在此見到盧麒。我給盧麒一百元——並他接受了。我們這時分手。」「盧麒於前日〔一九六六年八月十日的報導〕從芝蔴灣監獄釋出，到過美領署〔美國領事館〕」「據說有一個姓陳的商人送他一百元，使他配回眼鏡，前晚又做了蘇守忠的客人，」「據說昨日和盧一起經芝蔴灣出獄的監犯共七十四人」。〔「高層秘密」〕

盧麒服刑期間、五月的聆訊說自己的住處：「he stayed with a friend, that he still had some belongings in the cubicle and that he did not know whether they had been removed by the principal tenant or whether the room had been rented out to other tenants.」——可能留在與友人同住房間的物品都被移走，房間租給他人——〔再一次「無處可投靠」〕；在想像與真實之中，盧麒住進了他死亡居處〕。盧麒死後，鄰居表示，「〔死者盧麒〕與二人同住上址，據說他們三人，係於去年秋季搬到上址居住」。

「〔盧麒〕九號到陳家居住。」報稱商人的陳姓人士，「從報上看到了很多有關盧麒的報道，對他的行為甚為『欣賞』，從此便興結識之念。」「在調查委員會公開聆訊期間，他特地跑去旁聽，以一睹盧之廬山真貌。」陳姓人士的口供，稱騷動委員會聆訊「I attended on the 2nd day of the hearing」（聆訊的第二日為五月十二日）「I was there every day until Lo Kei went on to the stage to give evidence.」盧麒第一天出現為聆訊第九天，五月二十三日。陳姓人士去等了七天。「I listened to him for about 10 minutes and left, as I am slightly deaf and unable to catch the whole part of his evidence.」並無其他記錄，這名陳姓人士「有少許聾」，因此盧麒出現他只聽了十分鐘。盧麒當天給了相當詳細的口供，休庭至翌日。四月六日晚騷動時「站到一汽車『泵把』上，指手劃腳的向群眾發表演說，其他群眾則圍著被告，聽其講話」「同時說不怕催淚彈，不怕子彈，不怕差人」、聆訊時亦無顯示盧低聲說話，令人難以聽到。（陳姓人士只到場「一睹」）（以資後認）。

這位陳姓人士，四十六歲，單身，「忘年交」。盧麒當時滿十九歲。「對盧很關心。」「從此盧祺（麒）便一直在（陳）家作客閒暇之時，由陳口述有關自己抗日時期『八・一三』之事跡，叫盧代他撰寫成書。」「他（陳）曾是一隊游擊隊領導人，參與淞滬戰役和滇緬邊界的游擊戰爭。」「如今家內，仍有鏡框藏起一則叫『八・一三』序言。」一九三七年八月十三日，日軍空襲淞滬地區包括上海、南京、南昌，國民黨政府派出軍隊應戰，三個月後，國民黨軍隊撤退，上海於同年十一月十二日，被日軍進佔。「抗戰勝利後來港設『八・一三』醬園，後環境變遷，自己則留醬園任職」。陳曾以醬油公司信封，交入一封「面呈 何瑾爵士 轉交 盧騏〔麒〕仁兄 收啟」。何瑾為當時高等法院首席法官Michael Hogan，「九龍騷動調查委員會」主席。這封署「一九六六年七月二十五日」的信：「得悉 閣下因公益事件而破產，特託 何瑾爵士……轉交港幣一百元作為臨時出獄另用・伙食・醫葯等之用・關於居住・職業・及醫傷等問題・若須本人協助之時・請照地址接洽可也」，「八・一三醬油公司」的地址「長沙灣道政府工業大廈第二座三四五號」，也是陳向死因研究案法庭報住的地址，不過他對警方則稱自己住在「佐敦谷第一座四四四號」即吊死現場。盧麒死後「據同樓鄰居稱……盧祺〔麒〕初到上址居住時，上址有五人居住，後來姓陳及姓郭的遷出，上址便祇賸下三人居住。」「一個木箱，一個油漆。」「他們所住的房間簡單而凌亂，木門破爛亦只用報紙黏補」「該屋間成兩邊，一邊住了兩個油漆工人」。現場的照片顯示，盧麒吊死的碌架床，上下格都無被枕。

〔陳姓「友人」是誰？為甚麼？〕

「盧在該公司〔八一三醬油公司〕任福利部副主任，每週可獲二十五元。」盧麒沒有去上班，由一名叫何明、三十六歲、生於上海、一九四八年來香港、報稱珠寶匠、與陳姓人士於一九六〇年成立八一三公司——「The company first dealing with jewellery and soy, after a few months, due to some reason, which I do not wish to disclose,〔不想透露關閉原因〕〔為何不想？〕the soy business was packed up.」——醬油〔及珠寶〔奇異組合〕〕公司〔運作幾個月後〕於一九六〇至六一年間，停止運作；「Since then, we let the premises to be used by others in dealing with machines」、上址已租給他人作機器用途；「每週二由彼〔何明〕親手交二十五元或由盧麒到取」〔八一三醬油公司名存實亡，地址已租給其他公司；「到取」只能到何明報稱於培民村第四段〔山邊石屋〕的住址領取〕。陳姓人士則稱

「與盧麒・黎民厚〔另一證人〕〔於佐敦谷盧吊死現場〕同住」「有時住長沙灣道三四五號八一三公司」〔已租予他人〕。盧麒吊死前幾天，他〔很巧合〕在何明家住。何明已婚，與妻子及五名子女住培民村四段五十二號石屋。〔陪〕盧麒住的另一證人黎民厚，十八歲，木匠，報住的地址亦是何明培民村的家，亦確認「八一三醬油公司」「兩年前〔一九六五年〕已無再做醬油生意：「〔翻譯〕我於一九六七年二月十日搬離牛頭角徙置區一座四四四室〔吊死現場〕，因我在鑽石山找到工作，從牛頭角到鑽石山很不方便。〔佐敦谷牛頭角徙置區離鑽山石不超過四公里〕」這位證人黎民厚稱：「盧麒幫助陳〔姓人士〕在長沙灣工業大廈運作機器」「盧麒幫陳先生幫助他人，改善社會福利。〔？〕」「同樓鄰居稱，……盧麒……出獄之後，一直居於上址友人家中，而他似一直無工作。」

發現屍體當晚，陳姓友人第一份給警方落的口供，「〔翻譯〕23.3.67於1800時，我與我夥計、中國男子黎民厚一同返家〔現場〕。」發現屍體後「我與黎民厚一同落樓，找到一名警員。」不過，黎民厚記得的事實很不一樣：「〔翻譯〕23.3.67約十時，我在〔鑽石

大磡村
鑽石路
下元嶺
牛池灣
平頂村
清水灣道
至西貢及清水灣
白屋仔
至牛頭角
官塘道
啟德

山〕聯誼路六號，陳〔姓人士〕來找我。我和他一起上八一三公司。該址現在裝修，因陳〔姓人士〕想做別的生意。稍後為1300時我們再去鑽石山，這次我們去看一個朋友叫譚義／儀〔譯音〕，住在一條不知號碼小巷。」「至1530時我們分手。我去九龍城區幫一名朋友陳義／儀〔譯音〕拿晚報。陳義／儀在彩虹邨賣報紙。當我與陳義／儀到彩虹邨時，我見陳〔姓人士〕已在」「陳和我幫手在檔口疊報紙。到約1800時，陳提及，盧麒上星期二開始已無在何明處拿每星期的津貼，並說我們去看看他是否有事。」「到牛頭角徙置區，陳提議他先上去看看，並答應幾分鐘下來。我說好的，便去了對面的一間店看我的朋友，那店叫明發傢俬，我的朋友叫劉燦森〔譯音〕」〔口供比較可信因為有很多細節〕。十八歲的黎民厚，與盧麒年紀最相近，也確定曾與盧麒共住，〔很方便陳姓人士〕，沒有被死因研究案法庭傳作證人。「兩、三分鐘後，我見陳很急的下樓，並告知盧麒吊死。我們找警察，終找到一個。」陳姓人士在死因研究的聆訊〔一九六七年五月二十九日；屍體發現後兩個月多〕作供，與先前的說法不同：「抵達時，黎在樓下與一檔主交談，彼〔陳〕獨自登樓。」

〔誰是Andrew Lo?〕〔他告知盧麒將會被擄——「無處可投靠」而寄住，是不是擄?——謀殺；還是自殺?〕〔盧麒疑幻疑真〕。

盧麒死前寫過沒有寄出的信，給「Andrew and Paul」——他覺得這兩個人想叫他自殺〔見前述〕。「你知誰是Andrew and Paul，或盧安德?」「〔翻譯〕我不知道這些英文名字，但我知道盧安德與盧麒一同前往美國領事館，盧麒剛出獄。他與一名《新生晚報》記者來我〔陳姓人士〕家。我不認識盧安德，我趕他走。我不知道他做甚麼工作，或住哪裏。一九六六年八月後，我沒有見過他。其實那天我趕記者走。我接著搜盧安德的身〔陳自稱曾為游擊隊員〕，看看他身上有沒有不當物品。他隨即與記者走了。」「〔翻譯〕你知誰是Andrew and Paul?」「不，我不知道。我不會英文。」「你知誰是盧安德?」「我見過一個中國男子〔差人的講法，a Chinese Male，簡寫C/M〕盧安德，大約是盧麒來跟我〔最年輕的黎民厚〕們住第二天，一九六六年八月。早上很早，我還在室外睡覺〔徙置區單位外是一條長走廊通道〕，因為天氣熱，陳叫醒我，指出我們屋內有一名中國男子盧安德。他問我是否認識盧安德，我說我不，沒有見過他。陳就搜盧安德身，找到一塊刀片，一個螺絲批，另一似是馬來西亞或星加坡身份證。盧安德說他與蘇守忠一起來，但我們沒有見到蘇守忠。不久，有個記者來，陳叫他走。〔但如果盧麒想接受採訪〕這是唯一一次我見過盧安德，以後再也沒有見過他。陳先生問盧麒他是否認識盧安德，他說盧安德與他一起在芝蔴灣監獄服刑。〔『在騷亂中犯法，而被監禁在芝蔴灣監獄的三百一十三名囚犯』〕我不知道盧麒有沒有再見他，除了不久以前一次盧麒提到他經過大會堂圖書館他碰到盧安德。他沒有再說別的。」〔盧安德是另一騷動人士；估計Paul也很有可能是。〕

〔**「誰令盧麒吊死？」**可能是最好問問題的方式。〕

〔如果有人入侵，不是沒有鎖匙的人。或盧麒不認識的陌生人。〕

「現場無凌亂與發生糾纏掙扎之跡象。」「法官於盤問時指出：假如由多人逼死者上吊，有無此可能？」「醫官答：在本案而言，並無此可能，因為如遭他人強逼，則死者必然發生糾纏及掙扎，而其頭部亦必在掙扎時撞於床上之鐵架之上，引致頭部受傷。但本案死者，除舌頭及足趾受傷外，並無其他傷痕。」

吊死現址有三條鎖匙：「分由彼〔陳〕本人盧麒及一鄰居保管」。每星期負責給盧麒二十五元「津貼」的何明，沒有現場鎖匙，也從未在該址住過。年輕木匠黎民厚，住在現場時曾有鎖匙，但搬出時還給陳姓人士。陳姓人士說這位鄰居「不知道他的名字——盧麒搬進來後他便搬走。」〔交一條鎖匙給一個不知姓名的鄰居〕第一個到吊死現場只得陳姓人士一人。他說當時單位從裏面上鎖。

警方法醫官「公堂證述」：「『由於死者雙足並非完全離地，而於上吊時，頸部遭結緊勒，即發生躍動幾次，而呼吸困難，血液無法循環，旋即失去知覺，在尚未完全喪生之前，人體發生痙攣，在此情形，亦發生遺尿及糞，與自咬舌頭，足尖踢地，在此期間，欲掙扎套結，為時已晚。因此，死者在死時呈跪狀及離地僅幾吋。〔第一名見到屍體的警員稱屍體「雙腳碰地」〕』以他〔法醫官〕意見，根據檢驗之種種跡象，死者是由於自行上吊。」

北九龍裁判署第八法庭，於一九六七年五月三十一日，下午二時零五分，陪審員一致裁定，「盧麒死於自殺。」

法官綜述案情，引導三名陪審員，「該案可能有四種死因：（一）死於自然情況；（二）意外死亡；（三）殺害；此包括自殺，謀殺及誤殺；（四）死因未明，存疑記錄在案。」「法官指出：根據本案証供而觀，死者死時並無患病及遭遇意外，故第一及第二兩種死因均無可能。」「本案主要証供，基於李福基醫官檢驗死者結果及解釋死者之死因。」「因此，謀殺與誤殺亦不大可能，陪審員如無法裁定死因，即回報第四種可能性。」〔第四可能，是所有的可能：原因不明。〕「結果陪審員退庭會商十五分鐘後，一致裁定盧麒死於自殺。」〔我們不能夠接受未知，或不知道？〕〔歷史不會給予最終答

案。〕

盧麒死後，出現爭屍事件。「連日有多人自稱友好向各處求領遺體」「辦理喪事的五福殯儀館，昨日〔三月二十八日，發現屍體後五天〕也在多名警探的嚴密保護。」「據說在此之前，警方前午〔三月二十七日〕接獲殯儀館的投訴說：有多名男子為盧麒事件而至殯儀館滋擾。」「據記者所知：前午〔見上述〕五時，有四名是盧麒生前友好的男子及一名少女〔盧麒感化官報告：『Lo Kei appeared to have no set purpose in life』『He applied to be baptised so that he may have a purpose to live.』盧麒生命看來無目標；他曾申請接受浸禮令生命有目的；〔盧麒也曾投考警察，一九六五年一月：『He said friends had suggested that since he was so "miserable" and unable to make a living he could become a policeman.』—— "miserable" ——『無處可投靠』——『He had problems then in getting two meals a day and thought that if he got into the Police Force he could wear a cap and uniform "and would be fat"』他兩餐不繼，做了警察，有帽有制服，吃得肥；盧麒在聽證會指證，『百分之六十的警察都貪污』『But his application had no results』〔『貪污』『吃得肥』的警隊也不要他〕；『Lo Kei's church minister described Lo Kei as a solitary type of a person』；教會牧師都說盧麒是個孤獨的人，〔死了就有『友好』『少女』〕盧麒一份証供寫：『四月六日晨早我與親愛的呂鳳愛小姐吃完早餐後，便到西區裁判署，看蘇守忠的情況怎樣』他唯一的一次，那一個早晨八時半，他與親愛的呂鳳愛小姐到ＡＢＣ餐廳吃早餐，『並由呂付錢結賬』；那晚與『親愛的呂鳳愛小姐』走在即將暴動、巴士停止行走、人們『滿面笑容』的彌敦道，是『安靜而收斂』、樣貌端好身型高大的盧景石、而不是『兩餐都有問題』『袋裏不會有超過五毫子』『身高五呎六吋』體型瘦削的盧麒；〔那一夜，我們可以有多親近；你說『小心』；小心甚麼？小心你的心，那麼輕，那麼脆弱〕〔那一夜，人們奔跑逃命；許多年後，街上的恐懼與熱烈一樣〕〔所有熱情的爆發〕；一名寫諷刺文章的英文報章記者，一九六六年四月七日晚至八日、開槍殺死鄭仁昌那一個凌晨宵禁；收工後與女子約會並被捕：『〔翻譯〕那一晚十一時在北角放工，他〔記者；證人〕往尖沙咀走走，看看有甚麼事情發生，到十二時半或十二時四十分。他聽知會有宵禁，那時差不多一時，他到達酒店有約。』『在酒店十至十五分鐘，他們〔和女子〕被邀到酒店一個人的屋子短聚，到早上二時。他的女朋友不知能否過海，他們前往天星碼頭找哇啦哇啦〔中式機動小艇〕。他知道當時宵禁。』『但找不到。他們打電話給女孩子的父母，並回到梳利士巴利道與彌敦道交界，他們見到一隊警車。』『他們想坐順風車，結果成功——因破壞宵禁令。』『他們早上四時四十五分獲准離開，擔保五百元，當日要上庭。』『然後他送朋友回家。』他形容他給了女孩『一個難忘的晚上』。〕分兩批先後抵達五福殯儀館，來勢洶洶的向職員質詢有關盧麒下葬的經過，因不得要領，該五名男女即分別佔據殯儀館內多具電話，聲言撥電話督轅向港督請願，及致電給何瑾爵士〔高等法院首席法官〕，葉錫恩議員投訴等等。」「至昨日上午十時，又有十餘名自稱是盧生前友好的青年聚集於五福殯儀館前，在場的警探即作戒備，後來，該十餘名男子似發現警探蹤跡，結果，在門外徘徊半小時後相繼離去。」「曾與盧同室共住的男子陳〔姓人士〕及黎文厚，昨日曾到觀塘警署，要求領回盧屍。據說：陳〔姓人士〕堅持要警方將盧屍交回給他的理由。是事發時盧屍由他送進醫院的。」「警方據稱後曾向陳〔姓人士〕解釋，盧屍已由其姊委託律師樓領回，且已安葬，但陳〔姓人士〕堅持不肯離去。」這位陳姓人士，發現屍體時〔不似事先已知道盧麒會死〕；「〔翻譯〕當我〔處理屍體警員〕等候救護車時，我嘗試問陳〔姓人士〕死者的名字，但無法明白他說甚麼，因為他的口音很重〔陳報稱廣東番禺人，番禺口音與香港的廣府白話相近〕，而且他十分緊張。他一直問我港督府的號碼，及何瑾爵士的。」盧麒遺下的紙張，其中一張「17 26 April 66——Elsie Elliot. Mr Chan said that he has been calling on her in purpose of arranging him to England」。這位陳先生找葉錫恩想去英國；「在伊利沙伯醫院，當在等當值醫生看屍體時，陳問可否用電話，他被准。我〔警員〕聽到他打電話，用本地話，告知葉錫恩，盧麒死了。」〔盧麒獨自的話，他留下的紙張，寫給他自己，還是死後會閱讀他的人。〕〔獨自的時候，有否誠實可言；〕〔Andrew Lo，盧安德，不是甚麼特別政治人物或有權力人士。最後一個見到盧麒在生的記者，《新生晚報》：「今晨〔八月十日；確認與盧麒同住年輕男子黎民厚的口供〕本報記者在九龍牛頭角一地方會見盧麒及一名盧姓男子，該人力稱，週一〔盧麒出獄那一天〕曾與盧祺〔麒〕一同前往美國領事館，擔任盧祺〔麒〕翻譯。」「該名力證盧麒請求美國領事館政治庇護之青年名盧×德，曾因騷亂事件被判入獄〔確認陳氏口供〕，與盧祺〔麒〕之父係世交，」「他〔盧麒〕的父親似乎一向在中國居住，在一九六一年就在那裏逝世。」〔如何成「世交」？〕渠〔現寫「佢」，明小說亦用「渠」，現代漢語書面語寫「他」〕「本人原本係馬來西亞人〔如黎民厚作供〕，於本月〔應為上月；當日為八月十日〕二十七日出獄前盧曾將兩封中文函件交與盧×德，該兩封函件內容大致係說『本人盧祺〔麒〕係中國人，十九歲，在本港生命隨時有危險，請求政治庇護。』等。」「美國駐港總領事館積高則否認……，並謂有一男子證明其本人即盧麒於昨日〔八月八日〕上午到美國領事館查詢前赴美國手續，盧麒會見美領事館官員時，亦未必表示欲得政治庇護，盧更未有申請前往美國，」「上星期六（八月六日）盧×德曾將兩封函件交到美領事館，但由於當日下午未辦公而回，至星期一十二時四十五分（盧麒早上十一時於芝蔴灣監獄離開），乃到碼頭接盧祺（麒），一起乘的士，同往美國領事館」「見政治部副主任奇里斯蒂」「須行時盧還抽去奇里斯蒂兩枝煙」。「盧×德稱，他在維多利亞監獄時，是與盧麒同住第五號倉，在芝蔴灣時，則遭隔離。」「盧×德今晨（八月十日）到牛頭角找盧麒時，卻遭一名姓陳男子擋駕，而盧祺（麒）則在房內，不接見任何人。」」（盧麒卻寫一封沒有寄出的信，指Andrew Lo毀掉他，叫他自殺，還問如何合法處理他的屍體。）

如果盧麒被殺。

最大嫌疑是那個陳姓「友人」。

「但那名在他出獄後接他到牛頭角的失業漢〔這位報稱生意人、醬園東主〕可作怪了，他努力向我〔蘇守忠〕解釋甚麼，簡直有點神經緊張，在慌亂中，我聽見他打電話給一名鄭幫辦：喂喂，鄭幫辦，蘇守忠一班人話要追究死因，你叫我點呀？」

如果是他，他不應那麼慌亂。

「可作怪了。」或者是第三條鎖匙的持有人。「之後〔盧麒出獄當天；去美國領事館之後〕，他到跑馬地找蘇守忠時，適巧蘇守忠出去了。初時盧麒準備搭住在蘇守忠家中，但卻遭蘇父婉轉拒絕，盧麒在蘇家中等候蘇守忠返家至十時許仍未回，曾異常徬徨，無法解決時，幾乎打算露宿街頭或貨車上，成了無家可歸的人。」〔累累若喪家之狗，孔子承認自己〕。

「其〔『〕生前友好〔』〕蘇守忠．葉錫恩」「在萬國殯儀館勵孝堂舉行盧麒公祭會．蘇守忠主祭．祭台上放置香港〔九龍〕騷動委員會報告書乙份」「最後之一個節目．則為蘇守忠在盧麒靈前焚燒『香港〔九龍〕騷動委員會報告書』」「祭後．並作公開演講．演講者有詞不達意．有穢語連篇．怪狀百出．」「呂鳳愛曾於最近﹝一九六六年四月十日，暴動後幾天﹞出現於聯合國香港協會﹝並非聯合國屬下組織﹞舉行的『海德公園』講座中，並曾發表一篇有趣的言論，使與會的人捧腹大笑。」﹝「捧腹大笑」；「怪狀百出」﹞﹝原來不是悲劇。﹞

吊死現場，分隔吊死上格床與「廳」﹝徙置區單位並無間隔﹞的位置，黏了兩張四開舊報紙。根據現場照片，用放大鏡觀看，兩張是一九六七年三月十七日的《新晚報》和《大公報》。《大公報》頭版頭條新聞是「美蘇勾結反華對越『以戰壓和』之際﹝當時越戰，美軍增加在越軍力，全面參戰﹞，美進一步將香港作為基地，英究竟想扮演甚麼角色」「新華社指出，英當局不顧中國一再警告，肆無忌憚地充當美幫兇，人們表示極大憤慨。」「英政府是否要把自己擺在與中國人民、越南人民和全世界人民為敵的地位上？」「港英當局如繼續一意孤行，肯定不會有好下場。」四月五日第一晚示威，盧麒對群眾發表演說，問：「Should Colonialism continue to exist? the crowd answered 'No'.」〔反殖民〕「What did you mean by the word 'Colonialism'?」盧麒沒有解釋甚麼是「殖民主義」「Well, I cannot give a definition of the word 'Colonialism'. People living in a Colony in such an unhappy plight.」我〔盧〕不能給殖民主義定義。活在殖民地的人在這樣不快樂的境況：「As I〔盧麒〕was making the speech there was a young man about 20, who was wearing a pair of spectacles, shouting that Hong Kong should be an independent country.」〔香港獨立〕「I pushed him down and immediately others covered his month and stopped him from speaking」〔喊「獨立」會被人推下及掩口〕。一九六七年三月十七日的《大公報》〔四九年中國共產黨奪得中國政權後，中共港澳工委在香港出版發行的報紙〕「抓革命　促戰備　促工作　促生產」「全國民兵遵照毛主席指示　在文化大革命中發揮作用」引解放軍報社論「我們的偉大領袖毛主席最近提出，在需要奪權的那些地方和單位，必須實行革命的『三結合』方針」〔永遠革命，永遠勝利，永遠快樂〕〔羅姓歌手唱：「愛人同志」〕

〔奪權〕〔搶掠的狂喜；那一晚「凌晨一時，旺角瑞興公司櫥窗玻璃已被擊破，數以百計的群眾衝入店內搶劫。同一時間內，旺角山東街若干鞋店的玻璃被擲破，相當多群眾及小童進入店內搶掠皮鞋〔你為何不睡呀？他們每一個作供時都說很疲倦。〕〔狂喜的疲倦〕，鞋店夥計大呼打劫〔夥計為何凌晨一時，你還在鞋店呀？〕」「零時至一時十分之間，旺角彌敦道中僑公司至舊旺角警署一帶，只見人群，沒有警員，舊旺角警署曾被群眾放火焚燒。」

如我在火光之中看見你
你的臉將如何閃耀
如我記得的星雨
在一個春日的晚上燃燒

如你在半明之中看我
我會怎樣的低頭轉臉，並說
「讓我們離開」
如我在你的耳邊細語
世上無人無聲
還沒有死的時候，我已經知道

這時這刻，你的味道微帶草綠

如我們看不見所有無路
起碼　還有　然而
有你有我
有逼近　有距離
有我一閃的柔弱
你的長冷長空

「一時十分，群眾大量擁（湧）進上海街，以木板搗擊停頓在路旁的巴士，防暴隊與人群對峙，群開『巷戰』狀態」「一時三十五分戒嚴後……從旺角酒店瞭望，見旺角瑞興公司亦已起火，火勢非常熾烈，大火已經燒至四時」一九六七年第五期《紅旗》雜誌「社

論說：民兵在奪權鬥爭中參加革命的『三結合』，這是毛主席對我們民兵最大的關懷，最大信任，最大鼓舞。」〔如果你無法找到愛。〕盧麒感化官報告：「Lo Kei had a Bible in his possession and that he liked to read passages from it and still does」盧麒有一本聖經，並時常閱讀：「我是個罪人」「罪惡的東西」不是說「神愛世人」「尋找就尋見，叩門的就給你們開門」「壓傷的蘆葦，他不折斷；將殘的燈火，他不吹滅」，「我們決不辜負毛主席的關懷和信任，一定要最堅決地完成這一項新的重大又光榮的政治任務。」盧麒遺留的紙張「已作了上書廣州的準備」。「社論說，無產階級文化大革命是一場空前偉大的革命群眾運動，是一場極其尖銳複雜的階級鬥爭」（盧麒卻穿著一對咖啡色的膠拖鞋，在殖民地香港九龍佐敦谷一個徙置區的「簡單而凌亂」的單位，自己一個人在走廊煮飯（單位沒有廚房））「國內外的階級敵人正在處心積慮地陰謀進行搗亂和破壞」「盧續陳述在警署內情形，他表示曾挨打，在後頸．腰部．胸部及小腿處。被打不知多少次。問：你記得約有幾多次嗎？答：起碼有二十、三十、……四十次（並指著自己的小腿部）里亞（政府律師）點頭說：我明白（也可作我看見之解）盧忙說：你看不見因為我穿了褲子」「So you had, at least 200 or 300 blows on your body during the evening?」「Lo, No, it must have been some thousands. Some hit me with two hands-like a sandwich」聲稱受到「三文治」式過千毆打，「After this had happened to you, were you carried out of the CID on a stretcher or did you walk out ?——I walked out」沒有用擔架，「我自行行出。」一名政治部高級警司說盧麒，「appeared to be a highly-opinionated young man with a grandiose opinion of himself and a vivid imagination.」很有意見、自視極高、疑神疑鬼也令人迷糊的盧麒——他指葉錫恩給他五千元作整件示威事件的酬報，很快又收回，稱被警方逼他指證葉錫恩——又指「盧景石確是警方線人，有証據指出，盧景石是油麻地偵緝處的便衣警長劉昌華的『馬仔』」「我很久已對他有疑心。」

「你認為示威有沒有成功？」

「五個仙成功了。」

「示威有甚麼收穫？」

「一敗塗地，個個做晒監躉仔。」

「那麼是否意味計劃失敗？」

「根本沒有計劃，大家只是萍水相逢。」

「盧麒這一次最誠實。」

「在監獄內一切簡單，不知日子，無日曆，無手錶，只是鐵欄干（杆），我的思想很單純，認為一切都沒有。」

一九六七年五月十一日，「這場由左派分子發動的『政治工潮』引起的騷動，由……下午三時三十五分起爆發，五百餘名左派工人與警察在新蒲崗香港人造花廠門前發生大衝突之後，衝突形勢加劇，引致警方開槍彈壓，拘捕九十人，最少十一人受傷」「九龍部份地區，本晚九時半執行戒嚴令」。

這一天「密雲，早上間中有驟雨，稍後間中有陽光，天氣比昨日稍熱。昨日最高氣溫攝氏二十九點五度，零時氣溫攝氏二十六度，」是一個初夏日子。香港的夏天，來得早。

肆：遊戲於開槍終止：〔如果〕……那天日蝕。

「在這自由民主的〔殖民地〕香港」

鄭仁昌，譯音鄭潤祥，二十八歲，裁縫或製衣工人，一九六六年四月七日晚十一時四十五分左右，彌敦道與登打士街交界，被水警高級警司M. A. Ringer，以卡賓半自動機槍長槍向群眾開槍時，胸部中槍，凌晨二時三十分在廣華醫院証實死亡。

那一晚，開槍殺死人之前，「前面的人群仍十分敵視警察。」「經常受到由多層大廈屋頂與窗口拋擲垃圾及其他物品的襲擊」；為盧麒作證的證人馬國光，曾被羈押在維多利亞監獄，「十九歲，海南人，曾在老虎巖〔現稱樂富。柔和世紀〕政府中學讀至中一」「前被控犯宵禁令便判入獄。」〔禁的意思，你不能在。你在便違法。這，我問，你在嗎？你答：在。〕「四月六日晚，我〔馬國光〕在柯士甸道時盧麒從樂宮戲院的一邊行來，在此之前我從未認識他，他當時跟我談起話來。他說很多謝我來參加遊行。我不清楚為何他說感謝。〔『你與我同行嗎？』『同行。』〕除遊行事外未與他談其他問題。我又見他在汽車上狀似演說，因離得遠故聽不到他說甚麼。」「示威遊行的隊伍，本來是很有秩序的，他們的情緒也非常平靜，但後來卡賓槍指著示威者的胸口，要強行將他們拘捕，才使青年們的情緒激動起來。」

鄭仁昌或鄭潤祥，「獨子，父母雙亡。」「母在原籍身故，由父攜帶來港。」「初父在觀塘一木廠工作，旋轉入振興公司買貨，八年前病故。」「鄭住在花園街四號×樓，依舅母（有稱姑母、妗母）」「王菊芳，咖啡檔女東主，死者與她同住上址。」「（死者）在舅母咖啡大牌檔送外賣，不久改學車衣，後因收入微薄，數度改行」「性甚活動，平日參加康樂，曾演出話劇」「據悉，當日外出，對舅母稱往訪朋友，不料一去不回。」「警隊一百三十人，六架大車，四架小車，當晚（四月七日）十一時三十分，在油麻地登打士街與彌敦道交界附近，發現群眾約二十至四十人，聚集叫囂（作證者為水警警司M. A. Ringer），並向警方投擲玻璃樽，即著車上警長林錦全使用擴音器勸喻群眾散去，」「該等玻璃載有液體跌落地上起火焚燒，火焰為黃色藍色，但無煙頭味焚燒面積約數尺」「當時本人〔Ringer〕與所屬警員均同在警車上，未有落車，」「警長繼續使用擴音器高聲勸喻群眾散去，否則使用槍械對付，但無結果，逼得使用一枝嘉〔卡〕賓槍指向人群，並由警長再度勸喻群眾離開，但依然無效，」「因此乃將嘉〔卡〕賓槍瞄準人群中前方一男子下身開槍一響，人群立即散開，當時不見有人倒地，其後再到現場搜索，見一男子在美國銀行附近，倒臥血泊中呻吟，手及臀部受傷，」「繼續搜索至登打士街，見一男子靠牆而坐，胸部有子彈傷口」；法醫官李福基，也就是盧麒身亡案的法醫官指「死者中槍的位置，可能為彎腰正在於取東西」「可能鄭因失血而倒下之前，跑了二十碼」。〔跑到牆邊，坐下〕。這一槍傷了另一名二十歲青年朱德根：「子彈從左股射入，並從另一邊出。」「其情況令人滿意：但甚為痛苦，臂〔臀〕部有兩處傷口，一在右臂〔臀〕直徑半吋，一在左臀，直徑四分一吋，右手有部份脫皮，其傷勢可能由子彈貫穿所造成」。這名青年被起訴非法集會罪，「因受槍傷留醫，不能出庭，該案〔經在北九龍裁判署法庭提訊〕昨〔四月十二日〕移南九龍裁判署，並由第一法庭陳子忠法官驅車赴伊利沙伯醫院辦理過堂手續，法官宣佈該案押後三日審訊」「男子朱德根作證（一九六六年六月九日，鄭仁昌之死因研究聆訊）稱，彼現時在芝蔴灣監獄服刑，四月七日晚上十一時半，在彌敦道返家（住紅磡差館里）途中，當時路上有四、五十人，正向抵達現場之警察投擲石塊，彼不知發生何事，只顧自己，其後彼被控非法集會罪，四月二十三日，在北九龍法庭受審，彼否認控罪，但被裁罪名成立，判入獄（六個月）」。「當時曾聞警員叫喊，著人群離去，彼跑兩步，聞一聲槍響，彼感到右手與臀部受傷」。

當晚（四月七日晚上至八日凌晨），各警察連隊發了十次卡賓槍，十四次左輪槍，七次手提輕機槍，四百多發催淚彈及二十八發木彈；水警連只開了一次卡賓槍，一槍有數發子彈，鄭仁昌與朱德根，死傷於同一槍。（偶然的共同）（傷者「只顧自己」）（群眾散開，留下的只有死與傷）。

一九六七年四月七日晚，「（蘇守忠與約二十名青年）抵達登打士街時未舉行追悼儀式，據稱舊址已拆卸，找尋不到舊日鄭潤祥橫死地點」。「時維七時十七分，大籠車與小警車各一輛開到，將蘇守忠與另一持旗青年吳振華拉上車，帶返警署，扣於旺角警署，其後兩人均被控以阻街罪。」「吳振華，二十歲，前在英國人經營之印刷廠工作，因參加清明拜盧麒山而被『炒魷魚』，目前失業。」「吳振華於去年（一九六六）七月二十日，因犯偷單車罪，被告接受感化，監視行為十八個月。」（盧麒之偷單車罪，判入獄四個月。）

開槍殺人的差不多同時，「四月七日深夜十二時在西洋菜街近彌敦道處」「在暴動中放火之小童姓梁，十五歲」「茶樓小工」「毀壞有榮公司四個價值二十八元之木路牌」「將有榮公司路牌堆積一起放火」。「上午一時左右，他們（開槍的水警連）又奉命向南移往窩打老道。」「有人企圖焚燒油麻地郵政局，」「珠寶工人陳入和，二十歲，參加九龍騷動放火燒車及放火燒郵局大門後，為警方拘獲」「被控兩罪，法官判其每罪各入獄一年，分期執行，即共入獄兩年」。

槍殺鄭潤祥的高級警司，死因研究案法庭三人陪審團經九十分鐘商議，裁定「可原諒情況下殺人」。

一九六八年六月六日，一名「曾對人多次說及與一新聞人物蘇守忠是老友」「失業青年，目前由社會福利署按月給予救濟」「曾數被送往醫院去，平日他多是早出晚歸，但昨〔六〕日他整日沒有回家，至下午四時許，曾有郵差到上址找他，要簽收一件由本港青山神經病院寄給他親收的掛號信件，但因他不在家而作罷，郵差持該信交回郵局去」「該男子名周樹德，二十一歲，住新蒲崗三十五號六樓一床位，居住約四個月」，「下午被發覺在九龍塘山邊以火水淋身後引火自焚，路人發覺即行搶救，並報警將他送往醫院去」。「至下午七時，包租人因警方前往調查始獲悉自焚事，遂帶警員搜查他床位留下的物品，其中有日記一本，內列有馬文輝〔『聯合國香港協會』創始人、『曾親往殮房看盧祺

〔麒〕遺體』『盧祺〔麒〕下半身傷痕不少，且局部呈瘀黑，上半身也頗多成條狀的紅色痕跡』『我〔馬文輝〕對這個人會有自殺的念頭有疑問，起碼，我不能肯定他這次行為是否自殺？』『在北角萬國殯儀館大禮堂舉行公祭盧祺〔麒〕』『填報參加公祭的人數暫定三百五十人』『參加公祭者・青年男女約二百餘人』或『近百人』『本來該公祭是預定於昨晚七時起開始，但是由於到會的人數不如預料之中擠擁，有幾位屬於追悼會的發起人，仍未到達，故只得將時間暫行押後』『在七時三十分後，人數漸漸增多，馬文輝到達』『八時許葉錫恩議員到達，會場響起一片掌聲，葉氏面露愁容，揮手叫鼓掌的人停手。未幾，公祭儀式開始。』『倒是蘇守忠到得最早』〕、蘇守忠等人的地址電話。」

蘇守忠因帶領群眾悼念被槍殺的鄭潤祥，一九六七年四月二十六日，「在北九龍裁判署被裁定的遊行、阻街及阻差辦公三項罪名均成立，法官布康尼判蘇氏入獄三個月」，持旗跟隨的吳振華，判入獄六星期。「求情時蘇守忠」「保證不隨便做出吸引群眾注意之事」。「法官在判案時指蘇守忠行為愚蠢，且故意如此。」「指蘇守忠愛出風頭，在法庭

against the project... in-
crease in "Star" Ferry fares.
Above: Mrs Elsie Elliott and
Mr Brook Bernacchi, elect-
ed Urban Councillors, talk-
ing to one of the objectors
at the Urban

Miss Lui Fung-oi

之表現已可見到」。九龍騷動調查委員會指「蘇守忠以表演的姿態向我們作供」。一九六六年五月十八日的聆訊，蘇守忠與呂鳳愛遲到，當天蘇守忠的照片，他穿了一件水手裝。呂鳳愛是個低頭女子。同月二十三日的聆訊，「蘇穿咖啡色西裝，白西褲，白鞋」。六月二十二日，「本港居民最後一次替葉錫恩洗塵〔葉錫恩『在謀求英國政府調查該殖民地兩個月運動結束』『在此〔倫敦〕起程返港』『蘇守忠將不參加某團體為歡迎葉錫恩議員返港而設的三次「洗塵」宴會』〕，出現了一幕趣劇：蘇守忠扮演了『孝子』的角色，頭戴孝布和穿了一件日本和服，束著白腰帶，攜帶一個紙紮的『陵』，大鬧讌會。」「蘇守忠這樣怪打扮的動機，據他在講台上發表演說稱，他反對奢侈的宴會，這會使葉議員蒙污的。他是為在騷動中被槍擊中斃命的『鄭潤祥』戴孝。」「葉議員在蘇守忠大鬧讌會和發表演說後起立答問中指出：像蘇守忠這樣的青年人，是香港政府造成的，因為他們有苦悶無處發洩。」「這位議員受到赴宴者約二百餘人的歡呼。她說：『我不覺得我是來赴一個奢侈的宴會，而是來參加一個集會。我參加這個集會的意義，是要表示感謝各位以一元運動來支持我。』」盧麒在一九六六年四月三十日，與蘇守忠曾出席一個籌款記者會，以支持葉錫恩倫敦之行。「一元運動」是馬文輝的另一個籌款支持葉錫恩去倫敦的活動。「據蘇守忠說，此次災情嚴重，廣大災民需要救濟，某團體此項『豪宴』實為勞民傷財，相信此亦非葉議員的本意。」一九六六年六月十二日，下了「八十二年最大的一場豪雨」「晨七時至八時約一小時內，天文台錄得雨量記錄為四至六吋，這是一八八四年有天文台的最高雨量記錄」「過去二十四小時內，本港共獲得15.6吋雨量。本港過去最高一天所得雨量紀錄為一九二六年七月十八日，21.02吋。」「助理教育司羅宗淦，在其司徒拔道四十三號維多利大廈第九座寓所門外，被突然瀉下之山泥埋葬斃命。同時罹難者，尚有兩名兒子，和岳母三人。」「北角賽西湖水塘，在豪雨下滿瀉，排水道來不及宣洩，引致河水排山倒海傾下，湧入名園西街四間石屎樓宇內，撞穿牆壁，一家人被洪水冲下，一名嬰孩証實慘死，兩人失踪。」

「那位女議員在她的中文版本自傳中〔葉錫恩自傳〕，說甚麼蘇守忠是在反加價示威中，最早出現的年青人『之一』，即使不是有意低貶了我〔蘇守忠〕這位發起人的地位，也意欲隻手蒙蔽了當年記者臨場目睹的史實。」「怪不得有人說：鬼即是鬼，反覆無常。」暴動之後，四月十七日，「民選議員葉錫恩，〔發表〕一篇『感言』式用以表明心跡的聲明，」「告訴民眾。她〔葉錫恩〕對國家、對香港的責任仍然未了，願意為正義而獻出自己。」盧麒於一九六六年四月二十二日開始那一個星期，在蘇守忠家中「投靠」之際，「我〔蘇守忠〕跟他〔盧麒〕在電話中約好了那位女議員，及至到了那所火車橋附近〔太子道〕的學校，那位女議員竟然拒絕接見，也不見有人出來作甚麼解釋。」盧麒屍體被發現，葉錫恩「在前數月曾見過他，當時他顯得很快樂。」蘇守忠「近數月來，他已經沒有與盧麒聯絡。」「盧祺〔麒〕出獄後曾寄給他一封信，信內大意謂他（盧祺〔麒〕本人）處境不佳」。「〔葉錫恩〕作為一個英國人，我愛我的祖國，並不後人。」「作為一個英國人，我〔葉錫恩〕要愛英國的公理和正義，而不願它蒙羞。」一九六六年四月五日下午三時三十分，「〔葉錫恩〕to attend the meeting of the UC〔Urban Council〕」「on the way, saw several young men standing at the Star Ferry Concourse waving newspapers, there were people standing by. I spoke to no one, and believe no one noticed me.」她沒有與任何反對加價的示威者說話。「而她〔女議員〕有次，為了討好本地選民，說上一句：我以作為英國人為恥。這正是我〔蘇守忠〕認為她最有自知之明之處。」「經過這一場騷動，人們在談論善後的問題，某些報紙言論，太看得起我〔葉錫恩〕，果然若隱若現的，呼之欲出的將我捧為引起此次掀〔軒〕然大風波的罪魁禍首，我覺得，如果我認為有這樣的能力，那將是我的『殊榮』。」

葉錫恩作證時認為騷動有一「獵女巫」：「Before long there will be a slaughter of the innocents.」「屠殺無辜」：「他〔盧景石〕說：我聽說盧麒是獲葉錫恩女士應許五千元

而發起騷動的，盧麒告訴我將獲二千五百元。」「在芝蔴灣獄中，曾聽盧麒及其他人說過。」盧麒否認：「that he〔盧麒〕had never discussed with anyone this money which was alleged to have been paid to him by Mrs Elliot.」「有關他〔盧麒〕向警方所說葉錫恩給他五千元，叫他進行示威的是在甚麼時候？」「盧麒問非所答的說了一堆話。」「『這一封我所手寫的信，完全與葉錫恩女士無涉。』」「大律師問他：頭一次指責葉錫恩女士的是甚麼時候？」「盧答：我並無指責任何人，只是被逼簽字說葉錫恩女士給五千元叫我遊行。」葉錫恩的否認很簡單，她根本沒有五千元：「To start with, I didn't have $5,000 at that time. All I had was $4,000 and I still have half of that. Of all things.」她指責盧景石說謊：「I challenge Mr Raggensack to a lie detector and/or a psychiatric test in order to reveal how he came to tell this lie.」「她〔葉錫恩〕『間接』從『一份認識她的人的親戚』『（即）一個稱職的警員』獲悉」「盧麒被選為陷害她〔葉錫恩〕的工具，而且在被毆打之後而指控她誣的。」「旺角警署的警務人員將收買『亞飛』擲石，而歸咎於我〔葉錫恩〕」。

「在〔盧麒〕公祭前，在電話中，她〔女議員〕也承認有人捐出了八百元的殮葬費，但她並沒有著意要我〔蘇守忠〕去取款，也可能我誤會了，捐殮葬費的，不是捐給盧祺〔麒〕的，」「不過她看見許多輓聯，及悼念盧祺〔麒〕的訃詞，她也在記者面前作了點表示，是一紙三百多元的『盧祺〔麒〕獎學金。』」「後來她反追問我〔蘇守忠〕那三百多元的『盧祺〔麒〕獎學金』哪裏去了，因為她的學生有人申請，這獎學金用得著了云云。」「盧祺〔麒〕的名堂真好使用，也挺方便好用——這裏在公祭會記者面前虛晃一招，緊接著私下裏是她自己的學生申請獎學金了。」

「我們的結論：一發不可收拾的示威」「這次暴動不是只由一項因素所誘發，也不是經預謀組織以求達到任何特定的社會或政治目標」一名「上了七十餘歲」的讀者，「每日工作及閱讀十多小時，對於頻密考慮多方邏輯的意見，大有力不從心的感嘆」。「不過，我以前曾表白過，我愛香港，猶如愛我的國家。」他喚「你〔蘇守忠〕應該立即除下你的黑眼鏡，恢復你正常的生活，靜心等待問題的解決。」「我相信你絕食抗議天星小輪加價，並非沽名釣譽，但是，你已成為青年中的一粒明星，理應適可而止了。」

〔如果蘇守忠不戴黑眼鏡。〕

〔如果盧麒沒有穿上那一件紅色風衣。〕

〔如果四月四日沒有下大雨。〕

「在四月四日星期一下午六時與午夜之間，獲得了七吋的雨量記錄。」

〔如果那一天沒有那麼多山邊木屋石屋被洪水衝擊，倒塌，如果沒有那麼多人被雨水冲走，被泥石或塌屋活埋。〕

「十五人死亡，一人失踪」。

〔如果四月五日星期二不是公眾假期〕

「因那天是清明節；是日多數學校和工廠都放假，許多青年沒有事做，都到港九兩地遊玩」盧麒「是在一間精美製衣廠工作，但在老板〔闆〕知道他於本〔四〕月五日去向港督請願時，即已被廠方開除」。歐陽耀榮那天「吃過早餐後去紅磡碼頭，擬與友人去旅行，但因到的人不多，結果將旅行取消。」「後來便坐渡輪去香港天星碼頭看絕食的蘇守忠」。呂鳳愛在「寶光電筒廠做會計員」，見到蘇守忠是「四月五日下午三時五十分」。「四月六日那天，她本來要上班，但打了電話請假。她沒有向公司講理由，只說『有事不能上班』。」盧景石沒有固定工作，當時報稱的「導遊」，是去找遊客並帶他們去購物，收取佣金：「this consisted of meeting people through friends or at the Sea Terminal〔海運大廈〕and helping them to shop, getting his commissions of ten or 20 percent from the shops，」 「or aiding on tours of the New Territories」或幫助帶團遊新界。沒有固定工作，可無業，即有空去示威。

〔如果沒有那天晚上〕

「〔民眾〕習慣在晚飯後離開他們的擠逼住所到街外找尋娛樂或休憩」〔我們在鼠屍的輕微腐臭的街道，快樂行走〕〔「一場雨，九千電話失靈，鼠屍過萬。」〕；葉錫恩記得那天晚上的電話，「〔April 7〕After arriving home at about 8.30 pm I was called to the phone. I remember this call because my first thought was that the phone had been repaired.」打電話給葉錫恩的是盧景石，「he said he was in great trouble and the police were after him. I〔葉錫恩〕asked him if he had taken part in the riot and he said he had not」「He asked what he should do.」他問他應該怎樣做〔這個世界有沒有令你失望？〕四月五日下午盧景石向群眾說：「我是希望有更多的人，尤其是成年的人來支持我們。」「成年的人」「I〔葉

錫恩〕said he should go home and face the police, otherwise they would blame him more than ever.」葉錫恩叫他回家，「面對警察」的結果是盧景石被起訴煽動他人暴動罪，入獄九個月。「他〔盧麒〕說和盧景石相見時，他包著白布，盧景石沒對他說被毆打的事。他〔盧麒〕說，照看如此包裹法，一定被人打來的。問：你如何知之？答：真可笑了！如果他不是被人打而包紮作傷狀，他是神經的。」「在監獄裏，我〔盧麒〕和盧景石是分開的，我沒有和他說過話。」；「溝渠積聚老鼠」「要清除這些老鼠是一件相當艱鉅的工作」「而對付這種溝渠老鼠最佳方法，就是下一場豪雨，勢如萬馬奔騰的雨水，衝過溝渠時，往往老鼠無可避免地冲出渠口，流入海中，或就地溺斃渠內」「〔四月四日大雨過後〕市面各區之清道伕及衛生工作人員，也顯著地發現有比平時更多死老鼠」；」「吸引最多注意的示威是在晚上發生的。」〔也是倖存而飢餓的老鼠活動的時候〕「最初的示威者因為要吸引最大的注意，所以向著彌敦道也就是九龍的娛樂中心和主要交通動脈進發。」

﹝如果電影院再也沒有電影。﹞

「旺角區電影院甚眾，除新華戲院﹝位於亞皆老街與彌敦道交界；當晚上演《皇家特務龍虎鬥》﹞之外，尚有麗聲﹝演《仙樂飄飄處處聞》﹞，麗斯﹝砵蘭街與山東街交界；演《成吉思汗》﹞，百樂門﹝演《特務雙雄橫掃地獄門》﹞，域多利﹝演楚原導演的《黑玫瑰與黑玫瑰》，謝賢，南紅，陳寶珠主演﹞，及荷李活﹝演《原野豪傑》﹞。」「最大一次騷亂起於﹝七日晚﹞九時三刻左右。」「事緣旺角區山東街口麗斯戲院，及附近的大世界戲院，新華戲院散場，觀眾湧出。適有一防暴車經過，車上一西籍警官，向﹝散場﹞人叢放兩枚催淚彈，人群狼奔豕突，匿伏於騎樓及橫街之暴徒乘紛亂衝圍出，集於附近彌敦道上群眾有五千餘人。」「紛亂中槍聲卜卜。」「﹝七日晚﹞十一時二十五分，有一群暴徒為數約六七十人左右，突然一聲吶喊，企圖衝進旺角市中心之新華戲院，並擊破該戲院之玻璃。防暴隊與群眾作正面搏鬥歷時十分鐘。」

一直到死去那天為止，
我能夠讓自己提升到什麼地步？

—— 高橋步

摘自《夢想不會逃走，逃走的往往只是自己》

大田出版

SECRET
黑玫瑰
Andrew WONG Wang Fat
(7806/1347/4099)
LO KEI
er
the H.K.U.S.U.
increases.
我總在記念不存在
如所有的未來
的消失

〔如果彌敦道不是彌敦道〕

「在這條最擠逼的交通要道反覆舉行示威，定會產生緊張而激動的氣氛」「〔四月五日〕晚上九時十二分，遊行者盧景石與盧麒先行」「十餘名青年出發遊行沿梳利士巴利道，經西青會、半島酒店門前，轉入彌敦道」「九時四十分，示威群眾抵達大華戲院〔西貢街口〕門前，情況至為緊張激烈」「口號聲震屋瓦」「途為之塞，汽車幾度擺著長龍」「十時四十五分，到達佐敦道碼頭，繞行一周」〔沒有停下〕「出彌敦道，向尖沙咀方面行」〔重回〕〔盧景石「he had lived all his life at 18 Kimberley Road, sixth floor, with his mother and two aunts」；一生都住在金巴利道，第二天講法有點不同：「his family had been living in different flats」〕「Raggensack then worked for four months as a

金冠大廈
開始打樁
你眼睛藏深處
那未冰涼
將被燒傷

bar boy in a Kimberly Road」盧景石在金巴利道一間酒吧做侍應，「in 1964 he was at the President Hotel〔總統酒店〕for a month」〔「When this hotel is completed it will have the largest number of rooms on the Kowloon peninsula」「凱悅酒店前身是總統酒店」「一九六四年落成後，曾經主辦第一屆香港小姐選舉」「At what was certainly one of the largest cocktail party in the Colony's history〔殖民史上其一最大的雞尾酒會〕，more than 2,000 guests, invited and otherwise〔有人不請自來〕，pushed their way through the vast Hall of Nine Dragons.」「Attired in kilts〔蘇格蘭男格裙；禮服〕，kimonos〔和服〕，cheongsams〔長衫，旗袍〕and sarres〔印度沙厘〕，together they devoured〔吃盡；『掃』〕on estimated 10,000 hors-d'ourves in the course of two hours」〔兩小時；一萬碟餐前小吃〕「"Welcome, Ladies and Gentleman, to the President Hotel"」「湊巧那年紅透半邊天的『披頭四樂隊』Beatles訪港」「直到六九年，鍾氏兄弟〔建酒店者〕找來美國凱悅酒店集團接管，易名為凱悅酒店」「二〇〇五年拆卸」「改建商場，更能賺錢」〕；「the crowd— now numbering about 300—turned and went back towards the Star Ferry, Raggensack was still with them, "leading and shouting the loudest in the crowd"」盧景石帶著一群人，「十一時許，當示威行列抵彌敦道，一名醉酒洋漢，衝出馬路，以至汽車大擺長龍，加上〔膠片發黑，無法閱讀〕的途人，交通更是混亂」我們記得，後來盧景石醉酒放火；一九八〇年四月七日凌晨二時四十五分：是否一個紀念，十四年前的四月七日凌晨；那年他十九歲；那年他喜歡看電影；那一個晚上〔四月六日〕，「While I was there〔佐敦道與彌敦道交界〕some of the crowds, young boys, were just playing; running in front when the tear gas was fired, and then running backward.」〔年輕男孩，都在玩，跑來跑回，當發催淚彈〕；〔時間過去；他自己一個人，獨自記得；〕〔讓我們燃燒；是因為冷與遠麼？〕〔他燒的是垃圾，小型貨車；〕〔我們那麼陌生；初相識；初相見；初相認〕「由於被告〔盧景石〕受傷未癒，在院留醫，故作缺席提堂。」「盧目前〔一九八〇年四月〕與母兩人相依為命，居洗衣街一間公寓。」「他〔盧景石〕〔一九六六年五月〕在金巴利道的家，就被業主將租金由四百元加至六百元」同月的出租小廣告「尖沙咀金巴利道永利大廈八樓E座一層三房二廁一廚一工人房百葉窗大門鐵閘水電齊全全租六百五十元」「租六百尖沙咀緬甸台一號三樓一廳兩房工人房廚浴廁水電煤氣齊」；「土瓜灣鴻運街向南七樓三梗房五百餘呎無升降機有電話租二百七」（從尖沙咀到旺角）。「據稱盧喜杯中物，經常飲酒」。（離開；「第一次，我沒有離開。」）（如果是我的命運。）（我的最後，也是我的最烈。）「人群於（四月五日）深夜十一時十五分，」「這時人數愈聚愈多，已達五六百之眾」「到達尖沙咀碼頭。」「其中有幾個人站在海運大廈前的鐵欄干（杆）上說話。盧景石演說」「我（盧景石）在芝蔴灣監獄才聽到有關金錢之事。我根本不予理會，因為我不會收取這種錢。我並非為金錢才作事的人。」「你倒很有理想（哄堂發笑）」「（四月五日）十一時五十分，人群再折回彌敦道，向北前進」（再回）「他們經過的路線，是彌敦道、海防道、金巴利新街、柯士甸道。」「即使沒有事先組織，五日晚上至六日清晨舉行的抗議巡行也會是六日晚上至七日清晨在同一地點出現的」「至今（四月六日）晨一時，遊行隊伍第二次由尖沙咀出發後，已抵達荔枝角道。」彌敦道始於尖沙咀梳利巴士利道，終於界限街，到達之前是運動場道、太子道、荔枝角道。

盧麒在荔枝角道二十號出生。該地址在彌敦道與太子道之間。

〔如果她沒有睡在房子外面〕〔他不知道他在做甚麼〕

「本港市民中，許多家庭均未見有空氣調節設備，故部份市民露宿門外，市民應該受到法律之保障」「受害人年僅九歲，被害後，需在醫院留醫五週」「精神不健全少年，強姦九歲女童案，在高院刑庭審訊，經多次押候，昨晨（一九六六年四月五日）宣判。」〔四月五日清明節，並非公眾假期〕「被告男子……，十九歲，住肇輝台木屋，無職業。被控於去年（一九六五年十一月二十三日），在東區肇輝台山邊，與女童鄭某」「未得對方同意」「有關証物，包括小刀一把」「報告書指出，被告於犯案時，實在不知其本人所幹何事，後經數週檢查，獲悉被告於犯罪時仍患精神病者。」「被告於一九六三年間（十

女厕

「〔盧麒〕喪母後，盧遂投靠姑母，姑母家庭富裕，但盧曰寄人籬下而常感不安」。六六年二月，盧麒向「A close friend of Lo Kei」稱，自己一個人住，但兩個月後事發，他報稱當時與友人在馬頭角道分租一個房間。四月八日「盧〔麒〕離開警署，便與同住在土瓜灣而又一起被放出的陳日和叫的士返家，由陳付車資，因為他當時身上只剩『斗零』」〔五仙〕。盧麒死前所住的佐敦谷牛頭角徙置區，「有五個成人的家庭可編配到面積約一百二十平方呎的單位」「大廈也沒有電梯」。「住屋擠逼情形引起的緊張狀態，因這些地區街道擠逼及缺乏康樂場所，而更加惡化」。「受大廈，聲響，污穢，煙氣及異味〔鼠屍〕所包圍的青年，當然感覺沮喪。」那個〔快樂的〕〔四月六日早上，所有暴力及追捕事件未曾發生〕，「他〔盧麒〕全身梳洗後往通菜街找呂鳳愛。」這一天，呂鳳愛知道他會來找她，沒有上班。〔見前述〕

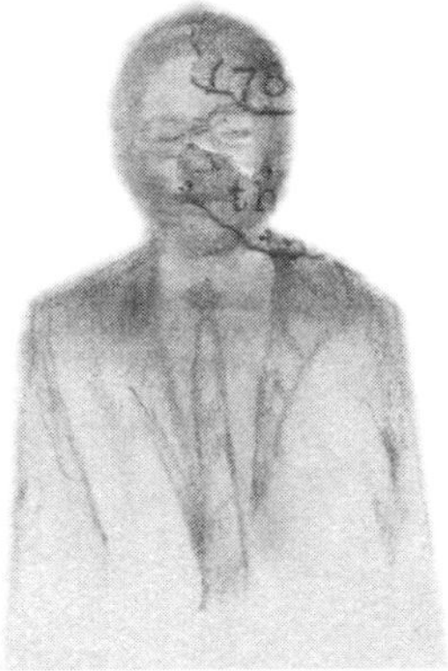

〔如果是黃宏發而不是盧麒〕

「大致上，暴動牽涉到教育的原因是（甲）學院及大學的學生感到必須以組織或參加公眾遊行的方式表示他們對若干公民問題的信念；或（乙）若干青年因為沒有能力，或沒有機會接受良好教育，所以也要用同樣的方法來表示他們的不滿。」〔「未來的政治家」如果沒有未來〕黃宏發「Andrew WONG Wang Fat」的名字出現在一份寫回英國的秘密報告裏面。一九六五年十月六日的報章，見到黃宏發〔香港離開英國統治前，最後一屆立法會主席；大學「政治及行政學系」講師；民選及民落選立法局議員；新界鄉議局當然執委〕的學生照片，穿一套西裝，打領帶〔盧麒的獲釋願望：「搵翻一筆錢做翻套西裝」。〕「被邀出席今年『遠東學生領袖赴美考察計劃』之香港大學二年級學生黃宏發」，一九六六年香港大學學生評議會主席；暴動第二晚後四月八日，「香港大學學生會議會」發表聲明：「香港大學學生會議會對本月六日及七日晚於九龍半島，因天星小輪要求加價事件而導致的暴動深表遺憾，并加以譴責。」「學生會議會同人深信暴行決非解決問題之方法，而只會危害社會安寧及招致不必要之損傷，任何抗議必須循正途發表」「吾等深呼籲學界及社會人士鎮靜從事同心協力維護社會安寧」。「社會賢達主張」，也包括「『香港公民協會副主席』張有興（『立法局議員』『市政局主席』『鐘錶業元老』）『重新呼籲，不論男女老幼，切勿於此時捲入任何方式的示威漩渦。』『張有興說：「我們必須繼續做一個守法的市民，充份與當局合作，以維護法律與秩序。」』」「港九工商聯合會主任委員何康說：『反對加價而演成暴動事件，是愚蠢越軌行為，我們是不同情的。』」香港大學學生會議會之時事委員會其後聲稱，「深信要達成『世界和平』，唯一的途徑是促進國際間之合作互助，根除一切壓制，根除『帝國主義』『殖民地主義』『新殖民地主義』『極權主義』，『種族歧視』『獨裁政權』『社會不平等』。」一九六六年四月七日深夜，暴動第一天，「港大學生會對天星小輪加價一事，曾作一連串討論，但在問題未作詳細考慮後，現時暫不表示任何態度。」警察向群眾開槍並殺人後，黃宏發主席的學生會評議會與「社會賢達」呼籲「安寧」。「除了一兩宗輕微的事件，例如四月六日晚上至七日清晨有一批舉止良好的學生在太子道出現之外，並沒有証供提及大學學生曾參加騷動」「另一方面，向我們〔委員會〕作供的參加遊行的人，許多只受過小學教育。」「沒有，我〔黃宏發〕〔被問及教學期間有沒有難忘的事情〕一切都看得很淡。」「其實我〔黃宏發〕做不到我想做的事情。人始終是跟著權力走，這是現實。但我不跟他們走也堅持了很久。」

「輟讀時已升至第四級」〔從廣州〔A Close Friend of Lo Kei，與盧麒在漢華中學讀中一時坐隔鄰，說盧麒從中山〕讀完小學來香港〕〔曾就讀起碼四間中學〕「盧麒又大聲說。」「有些『黃衣』警員無理拘捕小販的事，那些小販只好大叫『走鬼啦，走鬼啦』，對於他們，真是十分悲慘。」「律師問：『何以有人向你們擲催淚彈？』」「〔盧麒〕答：『不知，在香港這個所謂民主櫥窗，有很多事是冇解的。』」「〔大律師〕問：你昨日表示曾多次阻止別人進行騷動，為何仍有騷動行為發生？〔盧麒〕答：我只能叫別人不要騷動，不能抱著別人叫人不要騷動。」「問：四月七日晚的示威是否也由你領導？答：假如你的頭腦沒有模糊，應記得我〔盧麒〕當晚前已被捕〔盧麒於四月七日早上五時被捕〕。」「由於盧麒在調查會中不斷用粵語的雙關語和反詰答覆大律師的盤問，引起哄堂嘩笑。」「主席何瑾爵士向旁聽者提出警告稱，必要時將驅逐出音樂廳〔大會堂；聆訊地點〕」「受盤問時，盧不耐煩的說：你這問題只是整個sentence的大前題〔提〕，後面一定有很多小問題，不如一起提出，好讓我全部作答。」「盧祺〔麒〕對檢察官謂：唔該你喇，請你將整個問題來問我好了，你一陣咁問，一陣又咁，我都唔知你問乜。〔這話又引得聽眾大笑〕」

「一名十五歲象牙學徒〔男童〕〔『十四歲是就業工業的最低年齡』〕〔『我們的教育制度最常受到批評是沒有普及小學教育；』『學費的負擔使勤奮聰明的學生不能繼續學業』〕黃某作證，黃是因為參加騷動而被〔北九龍裁判署〕判笞八籐及入獄六個月。」「證人〔黃童或稱少年〕說，初時被拉上南九龍裁判司署，指控嘈吵〔？〕及『阻街』

罪。彼不認罪。」「彼說四月五日頭一次巡行示威開始時只五、六人，其後增至千人，當時由盧麒任領隊，群眾最初時先在行人路上巡行，後來人多了，有些人則在路中心。」「彼〔盧麒自辯〕之行動祇是伸張正義，並無不良動機。」「彼〔黃姓小童〕曾見五、六個警員，但無採取任何行動而任由群眾巡行，到大世界戲院為止。」「蘇守忠曾告彼〔盧麒〕：英國為民主國家，海德公園可任人演說，彼剛離校不久，只是效仿民主風氣，若彼之言論遭干涉，則無民選議員敢伸張正義，政府將無機會了解市民之意見，而改善市民生活（法官至此，問被告（盧麒）是否再次演說？」——「證人（黃姓小童）表示，在巡行中，群眾有持旗幟，其中有一枝布旗及兩塊木牌。」——「彼（黃）不認罪（嘈吵及阻街）。」——「法官改押候七天，拘於警察拘留所。其後又改控於北九龍裁判司署，修改控罪，控『持旗與阻街』罪。彼認罪，被法官判打八籐，係由差人執行。又復被判六個月監禁。」——「現時，因上訴後，在高等法院獲釋放。」——（已被打）「旋在該裁判署之羈留所內，被笞八籐。」——「副按察司有關此案體罰情形，將於日內通知港九各裁判司」——「施體罰時，則不能於定判後，立即執行，因彼等向較高法院進行上訴之限期未過。（按：在裁判署被判罪之犯人，有權於十四日內辦理上訴手續）」——「再者，根據裁判司條例，施行笞刑時，應由監獄署幫辦執行，倘由一名警察幫辦執行此種體罰之責任是不合法者」（已被打）「（政府）發言人又稱：當該男童接受此項體罰時，無醫生在場，縱使讓男童被命往長沙灣政府診療所接受一名註冊醫生檢驗，而該醫生證明該男童是適宜接受體罰，亦不宜施行者」（已被打）。「根據裁判司條例第九十三節所載，除非法官頒令駐守法庭之警察幫辦方有權執行對兒童施行體罰之實，但在某種情形下，裁判司是有權命令駐庭警察幫辦執行體罰，唯本案卻不能引用此例」（已被打）「次（六日）晚，群眾在樂宮戲院附近之巡行態度比先一晚稍好。彼（黃姓被打小童）又表示先一晚未見有警員拉人，次日晚才有，都唔知點解。」「彼（黃）說，警方是用大卡車拉他的，在卡車外被警員用腳踢。後來，彼與甚多人被拘在一個拘留所，那裏有年長者及青年人。事後，彼又被帶上兒童法庭。」「由於九龍騷動被捕（有）一千四百六十五人」，四月八日（暴動之後）「五個法庭同時整日開庭，首席裁判司希頓宣佈審訊至午夜十一時。」「警方每一小時，均有被告解上法庭，實際被拉之人數，一時無法統計。」「在羈留所內候審者，擠逼至無轉身之地。法庭走廊上，被告人家屬，人頭湧湧，哭聲震天，愁雲慘霧，籠罩整個法庭，慘狀為有史所未見。」

香港中文大學新亞書院學生會發表「致全港市民公開書」，「一連串的示威抗議及動亂隨之發生，使安定已久的香港社會發生極大的波動」。「安定已久」的社會，十五歲黃男童「當日〔四月四日〕過海替老板〔闆〕取些象牙返舖」「在海棠道被拘留的」「二十四名童犯都是被判較重刑罰的人」「這些男童的年齡自十三至十七歲不等。多數〔十八名〕是香港出生的。大多數在暴動發生時，已經離校。」「〔四月六日〕，我〔盧麒〕離開九龍裁判署，沿上海街想搭觀塘巴士，返工廠出糧。直至五時三十分，在報紙上，我見自己的照片刊登報紙〔盧稱因此被工廠炒魷；翌日凌晨他已經被捕，羈留〕」「〔被捕男童〕多數已經離校兩年至三年。」「二十四男童中有二十一名於暴動發生時在下列各行業工作：廚房助手，學徒，送貨工友，酒吧侍應，小販，非熟練勞工」「六名以為他們的工作條件良好，七名以為他們的工作條件尚可，另有七名以為不佳。」「十二名睡在他們工作處的轆〔碌〕架床上〔盧麒吊死〕，行軍床上等。一名睡在架在衣車上的一塊木板上。」「他們的主要活動是：看戲〔盧景石差不多天天去看電影〕〔問盧〔麒〕是否個好出風頭的人，盧先『哦』了一聲才答：『我並不認為我是個愛出風頭人物，記者問我姓名，我都唔講。』『我現在只不過被人指為單車竊賊。』〕〔『單車竊賊』，一九四八年義大利導演狄西加作品，描述窮苦的父親去做工被偷單車）（如果盧景石不沉迷電影；他會知道一個怎樣的世界）（盧景石一九六六年十月二十八日出獄第一天寫的自白書：你們說，這樣愚蠢的事情（『伸張正義』『並無不良動機』『我並非為金錢才作事的人』），有甚麼益處呢？還不如做一個安份守己、老實的人來得舒服，樂得安寧），（男童主要活動）在街上遊蕩，游泳，打球和賭博。」「這些男童中有十二人以為蘇守忠，盧祺（麒）等人是『好人』，『勇敢的人』，『英雄』，為目的奮鬥。」「接見者覺得許多男童受僱的工作，不能使他們將來的生活安定和獲得進展，加上不適當的工作時間（盧麒：『那些人（工頭）視他如牛，態度不佳』），以及他們的微薄收入，造成他們的毫無目的，和苦悶無聊的感覺。」

「問盧（麒）反加價之理由。盧答：理由有三。」「問盧是否從報章處學到這些理論，盧答：是自己想到的，從歷史處學來的。」

（如果沒有開槍）

（「殉道」的氣味）「蘇守忠被捕時面露笑容，態度安詳。被捕時為下午四時零三分。」「頭一日巡行時，已經見蘇守忠被捕，彼（被警察非法咨八籐的黃姓十五歲象牙學徒）表示知道天星加價事已經『好耐好耐』，並將之隱藏在內心，直至週二（四月五日）巡行為止。」彼（黃）說：「如蘇不會給差人拉，彼（我）便不會參加示威的。」「呂鳳愛說：『我同情他。』於是她走近與蘇握手說：『年青人，我支持你。』不久，有警員到場警告蘇，當時有一群人將蘇圍住，約有三十人，蘇受到警告後，仍然繼續逗留在該處，不久，警員後至，把蘇拘捕。」「在警方把蘇守忠帶走的時候，群眾有若干反應，有若干的嘲笑與呼叫。」「整個騷動過程中，情況都是大同小異的——人們聚集一起，點燃火頭，阻塞道路（如果沒有火），向警察投擲石子或其他東西，拆毀交通標誌（『靠左走』）和停車收費錶（『四名小童在九龍騷動中參加毀壞路牌及停車收費錶，受審於北九龍兒童法庭』），擊破在停泊中的巴士窗門等等。」（「（四月六日晚十時三十分）在趕開窩打老道的人群後，他〔港島總警司羅斯A. G. Ross〕命令警員將燒毀的巴士及其他車輛拖離現場。當時尚有些驚惶的搭客在巴士中〔如果我們在這一輛已經燒毀、尚未成支架的暴動的巴士之中、安靜的兩個座位角落、初相見、初相識、初相認〕〕

「他〔九龍交通警司鄧寧士〕和巡邏隊在窩打老道及登打士街之間的彌敦道上遇到該群市民群眾圍著火堆歡談，鄧寧士說：『他們像話要襲擊巴士和毀壞附近建築物的窗門。』」〔快樂革命；他們在打麻將，燒嘢食。〕〔沒有一個群眾運動沒有激動與歡呼。〕「群眾曾

把路旁的車拉到路口，還用紅色警告燈內的火水淋濕木製路牌，把它們燒著，這些行動都是用來阻擋警員前進的。」「在重慶大廈附近，警員們遭群眾用玻璃樽，鐵罐，盛滿水的膠袋（沒甚殺害力的），紙屑（頑童的）及其他物件投擲。」「深水埗警司麥龍，彼四月六日晚率領防暴隊執行任務，曾在荔枝角將暴徒驅散」「彼曾接總部指示往豉油街。當行經染布房街附近彼等之警車及所率領之警員曾遭暴徒投以石塊，暴徒人數為五十至一百人。」「其後，結果將該股暴徒驅散。暴徒向豉油街，登打士街走去，該股暴徒的情緒顯示並不十分敵視。」「（四月六日）當晚群眾並密集投石，但警員受傷輕微，是因為他們『眼界不準』。」「（總警司）薛畿輔又說，群眾是不想使警方使出最後一著，他們也不是仇恨警員。」「（四月六日）七時二十分，尖沙咀警署一警官，接獲盧麒電話，謂他們將於當晚在九龍地區進行反加示威遊行。當時警官回答稱如他們守秩序，遊行將不會制止。」「律師問他（盧麒）說過甚麼話，盧說：『這一段演說畢生難忘。內容是唔使怕警察拉，因為我們的行動是合法的。』」

‘I Was Frightened’

「但毫無疑問，受他們攻擊的警察則認為參加騷動的人自始至終都是兇暴和險惡的。」「但證人們的證供和我們〔調查委員會〕所看過的相片顯示跟著人家採取破壞行動的青少年群眾，很少有真正憤怒或怨恨的情態。」「雖然從天台上，露台上和梯間向下拋擲花盆，垃圾桶等物件當然是甚危險的舉動，但在那些人群甚少有真正惡毒野蠻的舉動，簡直沒有發生過攻擊和毆打個人的情事。」「而這正是甚多暴動的可怖特點。」〔可怖，因為群眾那麼普通，那麼日常〕。

「當晚〔四月七日〕晚暴徒向防暴隊政擊最烈的地點是在佐敦道口的幸福大廈前附近，斷〔數〕個連帶花枝的花盆，鐵架，木頭，磚塊等危險硬物，紛紛從天而降，飛向警員們頭上來。」「為了阻止這形勢繼續發展下去，我〔油麻地區警司費格士G. Fergus〕不得不命令防暴隊的槍手們發射卡賓槍，當槍彈射在大廈的窗框，天台的邊沿上時，投物就有顯著的減少了。」「委會檢察官羅弼時〔後任按察司〕問費氏，發射卡賓槍是否唯一的有效方法。費氏答稱：射擊並不是唯一的有效方法，他認為最有效的方法是派警員上大廈，但這是辦不到的。」「鄧寧士︹九龍交通警司︺說，他和其他七個巡邏隊人員卻決定和群眾相對，等待其防暴隊增援。他們是攜有左輪手槍的。」「防暴隊向群眾靠近時，曾受石塊的襲擊，他們數次卻步，並出示武器，群眾大抵懼怕他們開槍，是以後退了一陣，但隨著便離開他們二十至三十碼的地方站住。」「他們放了八槍。」「鄧說：對沒有人受傷感到驚奇。」

「『很好睇。』」「不良於行裁縫」「左足微跛」姚思明，「住在尖沙咀加拿芬道百利大廈，現年二十二歲，在中國大陸的東莞出生，來港約有六年。︹一九六〇年：『偷渡潮發生於一九五九至六二年間，即內地所說的「三年自然災害」時期。由於大躍進人民公社群眾運動失敗，國民經濟陷入崩潰的邊緣，據報導餓死二千七百萬人，因而，在三年間共有十四萬二千名飢民冒著生命危險逃亡至香港』。『估計一九五〇至一九七〇年間的二十年中，內地逃港的民眾達到九十萬。』︺︹香港統計處一九六一年的人口統計，來自香港九龍新界及海上即原居民，二十六萬，來自廣州澳門，一百五十萬，四邑，五十七萬，潮州，二十六萬，廣東其他地方，二十四萬；即來自中國大陸及台灣的人口，二百六十萬，比香港原居民多十倍）」「當時他（不良於行裁縫姚思明）隻身來港投靠他的姐姐（『香港的特殊理由』『本港人口百分之五十在二十一歲以下』『年齡十五至二十五歲的青年人在此次騷動中非常活躍』）。在大陸時，也是與姐姐同住，曾在石龍讀過七年書，一直讀至初中二。來港後，曾在易通英專（盧景石、呂鳳愛都讀過），讀過上午班。」「來港之初，他（姚思明）沒有立即出來做事，只在姐姐家裏替她做家務上的東西（『許多參加這次騷動的年青人也自稱為失業』），兩年後，始到加拿芬道現址去學做女裝，現已滿師。」「四月六日晚上，由於他接到兩張柯打（香港中文），所以他在工場一直做工作到九點鐘。後來，他與一名夥計出街觀看，原因該夥計說：外面很多差人在操來操去，而且有直升機『很好睇』。於是，乃與該夥計一道外出，在出到彌敦道後，果然見很多警員由尖沙咀方向操向彌敦道重慶大廈，而直升機則在空中盤旋，並用探射燈照向地上。」

「不久，有一隊警員由尖沙咀方面，沿著梳利士巴利道，轉入彌敦道，並在多層停車場附近放催淚彈，於是，所有的群眾爭相狼狽的逃走。」〔「『鬧著玩』的十餘歲兒童」「在『鬧著玩』時選擇警察，巴士，停車收費錶，或私家車作為攻擊對象，那並沒有甚麼特殊意義，因為在全世界的十餘歲兒童暴動事件中，它們都似乎是通常的目標。」〕「他〔姚〕一見這情況，也跟著大家一起逃跑，但因為他腿部有毛病，不良於行，所以無法走得快。〔逃跑也是『鬧著玩』〕『港島總警司羅斯A. G. Ross』『當時九龍總部的第二名最高司令官』『他〔羅斯〕稱他第一次與暴徒接觸在四月六日下午十時三十分左右，那時他的座車沿彌敦道經過公眾四方街交界處，被群眾投石。羅氏稱這群暴徒人數約一千六百至一千八百人，差不多全是青少年。他們除了向警車投石外，還襲擊巴士及其他經過車輛等。』『在被襲擊中，羅氏稱他座車的玻璃破碎，無線電被毀。』『當行至彌敦道與窩打老道交界處，他遇到一隊防暴隊，於是便下令放催淚彈，以驅散群眾。』『但催淚彈的效用不大，群眾散開後等催淚煙消失，再行集結。』〔讓我們再回到現場。〕『於是他〔羅斯〕即在該地點設立一個臨時行動總部，並下令在窩打老道，彌敦道及其附近作廣泛性的發射催淚彈。』『羅氏稱他曾數度下令衝鋒，但效果一點也沒有，衝鋒的防暴隊所至，群眾即迅速散開，過後又重新集結。』〔『演變為他們所喜愛的捉迷藏的遊戲』〕『當時〔不良於行的姚思明隨群眾逃跑時〕，他見路旁停了一輛私家車以為是白牌〔沒有的士營業牌照，收費接載乘客的私家車〕，便打開車門，慌忙上車，並對司機說：「加拿芬道百利大廈」』〔即姚已經遠離他當初『出街觀看』的加拿芬道，參與群眾的行走至一處較遠地方〕『該司機「粒聲唔出」便開車，怎料那車並非駛往所住的加拿芬道，而是駛往警署去，於是，他便被警方拘捕。原來那輛私家車並非白牌，而是一輛警方人員汽車。』『自少便一足殘廢，且在六歲時，便已父母雙亡』的姚思明，『被控告破壞公物罪名，並被判處入獄。』『該證人〔姚〕又向調查會訴說：警方指控他用腳踢一個放在路旁而屬於市政局的垃圾箱，但實際上，他的一足殘廢，走路也舉步維艱，主要只能用右腳來「做力」，怎能踢東西。』」

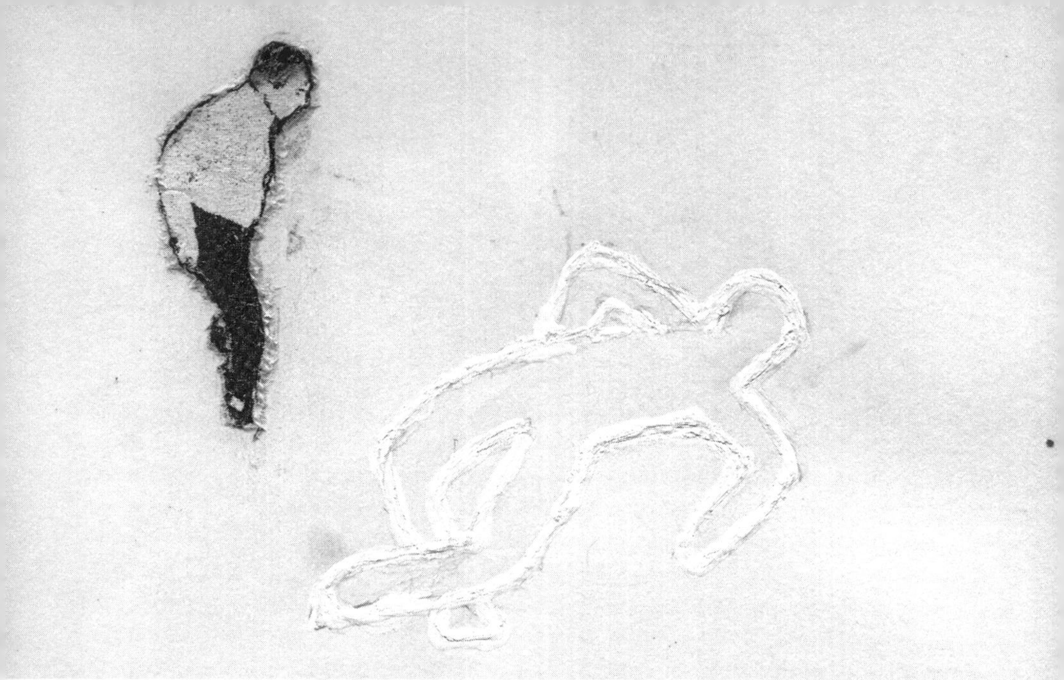

〔遊戲於開槍終止。〕

「一名警官在美國銀行附近發射一響手槍，擊中一名男子足部，而該彈又反射到另一男子身上，兩人雙雙倒地，後者傷勢嚴重，結果在半夜後半小時，因重傷過度，不治斃命。而該足部受傷男子姓徐，是英皇道一間店舖的伙計。」「八日凌〔零〕時十分，有十五名暴徒出現於彌敦道與旺角道交界處，中有人手持火炬，〔總是見到火〕，警方警告無效後，立即使用手提輕槍，將之驅散，無人受傷。」

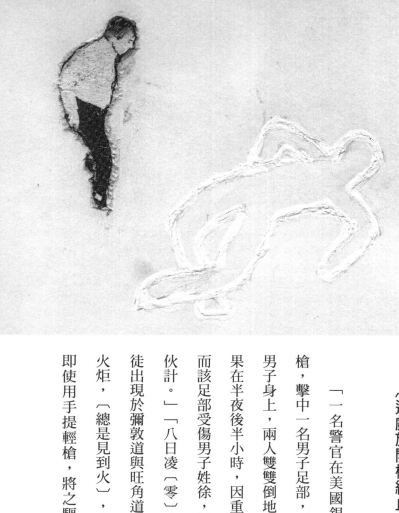

「一時二十五分，深水埗近在花園街〔盧景石後來醉酒放火〕，豉油街，會同九龍城連在該區附近，再有幾部汽車在燃燒，有四十多名暴徒圍火堆呼嘯，警員施用催淚彈，但因風向不對而無效，結果發射了兩排提機〔手提機關槍〕子彈，始將暴徒驅散。」

〔如果不那麼被嚇〕

〔權力與暴力〕

「四月七日早上彼〔盧麒〕在一間大廈內〔『被跟踪的警方人員』〕拘捕，當時無說明拘捕理由。〔『他〔拘捕盧麒探員作證〕在砵蘭街及彌敦道一帶當值，當時宵禁令在實施，稍後，他見一群十餘名的青年男女站在弼街那裏，乃向他們走去。後來他拘捕了幾個人，其中一人是本案被告盧麒。在被告被拘捕時，正穿一件杏色飛機恤，鼻架眼鏡，長頭髮。』「當時〔四月六日晚上十一時十五分稍後〕他〔九龍警察總部哥連士幫辦〕看見一個身穿紅飛機恤，上漆有中國字樣〔反賭；反加價〕，鼻架黑邊眼鏡的華籍男子」「他認出該男子即本案被告盧麒」）（但（盧麒）說該衣服（紅色機恤）已在四月六日晚失去）（換上杏色飛機恤逃避跟踪追捕）。「被捕後，帶往旺角警署，抵警署，被命跪一角，一直跪到黎明大約五時半左右，（「高級助理處長（薛畿輔）答覆（調委會）主席的詢問說：關於在騷動期中，被捕的人由警方令其雙手放在頭部後面，雙腳屈膝跪在地上的一問題，並非法律規定如此，這種措施，乃始自上次九龍暴動。由於一名警員要看守若干名被捕者，為方便計，仍令其跪下，自此仍成為警方的習慣」）（殖民地統治的「習慣」）（一名經歷「上次九龍暴動」的「上了年紀」讀者，被命跪下，「溯自大陸赤化地覆天翻，來此自由世界民主窗櫥之香港，得以棲遲，但以倉卒（猝）出走，手無資金，故居住由木屋至徙置區，在五六年十月十日暴動事件平後之翌日，警方出動飾令徙置區每屋之男丁，一律在每座地下近廁所對出之空地跪下，兩手攀頸，不得仰起，稍有移動，立即以棍毆打，當時本人已六十以上，一生也只見過這一次，亦祇無端端跪過一次。」「這是不是講自由、講民主、講法律的大英帝國殖民地的傑作？這種動作，是不是大英警律規定？為

我父親
HONG KONG POLICE.
No. 105 Rank Sgt.
Name WONG SIU HING
is a member of the Hong Kong Police
Force duly appointed in the rank above
stated and is entitled to exercise the
vested in his office by law.
1 APR 1967
Commissi
Date
Sign
警務處處長
一千九百六七年
四月
日
七月十九日被押之
的苦工，但食的有魚，
成黑黝黝的，看來氣
ner of Police.
號數
姓名
該員乃奉委爲上列等級之
香港警察隊隊員依據法律
行其職責所賦予之權

此自由民主國家，應不應如此？」「這是不是入於侮辱剝奪自由？且當日時間，仍在解除戒嚴令光天白日之下。」「在這自由民主的（殖民地）香港」跪了成十分鐘，這種深刻的印象，我是上了年紀的人，覺得我有生的一日，是永不能忘記的。」）（「英國殖民地事務大臣」「正在查詢一些報道：就是被香港警察（於九龍騷動中）逮捕的青年人，曾被著令像奴隸一樣地跪著。」「（工黨議員）藍堅說：這並不是一張良好的圖片（報上刊登被捕青年被令跪在地上的照片）『在我們的遠東民主櫥窗中展出』（統治手腕）」），「當時在（旺角警署）房內，亦有多人在，他們有些大聲叫喊，房內血漬遍地。」「（名探；提早退休）藍剛與一些探員入內，著彼（盧麒）踎於一角。」「盧（麒）又謂藍剛曾說：『假如你唔係倚著葉錫恩及貝納祺（香港革新會），我有權拉你出彌敦道，一槍打低你。』」「盧又稱藍剛曾謂要將渠『放天燈』，在肚臍上挖一洞，用棉蕊點火，然後將渠拋入海中。」

（「盧麒拉我落水」的李德義）「在差館（旺角），藍剛入來見他（李）。探員林釗對他說：『呢（個）係我地個老總。』跟著，張偉、盧超（雜差；探員）儆誡，這時，鄭秋（探員）走入來，就好似『夾心餅』」「暴動發生的時候，他在石硤尾徙置區第十座，和一個叫莫樂偉的人同住。」「他辯稱，因為待遇低，故屢次改換工作，並且，他的母親長期生病，父親（『大概還是在馬來亞』）又不匯錢回來，故收入不足以奉養母親。」「三歲時隨母親回到中國，一九五六年跟隨母親來香港，同行的有一個弟弟和兩個姊妹」「他搬到那裏（石硤尾徙置區；『第二次世界大戰（日本侵華）結束後，逃難後回流人士和新移民紛紛來港，香港的人口急劇增加，各處山坡迅速佈滿僭建的寮屋。該些房屋以廢木和鐵皮等物料搭建，經常受到火災威脅。一九五三年的聖誕夜，石硤尾寮屋區發生大火，約五萬八千人痛失家園，大量災民無處棲身』『首批共八幢六層高的徙置大廈於一九五四年年底建成』『室內並無廚房或浴室，居民須使用設於兩翼之間的公共廁所和浴室』），因為自己在南生村的屋租（賣）了給別人，來還清母親所欠下別人的款項。」「四月六日凌晨，他聽到住所外有很多反對天星小輪船費加價遊行所發出的聲音。」「他跟著大隊到了天星碼頭，當人群沿著彌敦道行的時候，群眾越來越多。」「他估計人群到達了天星碼頭後，大約有一千人。」〔將重新出發再行〕「他說，薛鐵輔〔高級助理警務處長〕先生對在那裏人群中『一個叫盧景石』的人說話，叫他在五分鐘內離去，否則警察便要對他們採取行動；這與盧景石所說他已回家去了的話是矛盾的。」「當時，人群中有些人開始離去，但是他〔李德義〕看見有人互相扭打，又聽說薛鐵輔先生被人襲擊的事。」「他〔李〕說他看見『穿著制服的警察及警探及一個警司用警棍敲打人群』，他又看見五個人被捕，但人群跟著就散開了。」「他很興奮，但他告訴我們〔調委會〕他不想再參加示威遊行，而只要搭深水埗的小輪渡海，直接回家睡覺。」

「最得人驚者是李〔德義〕所稱在北九龍裁判署被提控時尚不知所控何罪」「及至在庭上〔四月十五日〕，聽到控罪，驚到幾乎暈倒，由於曾屢被毆打，竟發燒。」「當他被差人毆打至發燒時，曾要求准許『睇醫生』及與家人通電話，但後來不單看不到醫生，甚至連與家人通一次電話都不能。」「九龍騷動調查委員會」於大會堂的聆訊〔六月六日〕，「〔前來旁聽〕市民中，有一衣黑唐裝衫褲，持雨遮的中年婦女，該婦人為李德義母親〔當時李德義在服刑〕，李母日來感不適，但於報章中獲悉兒子被捕後所遭遇的情形，甚為傷心，故昨勉力扶病往看兒子。」

二十一歲的李德義，報無職業，一九六六年四月十五日，於北九龍裁判司署審訊，被控：（一）四月六日，在九龍地區，煽動群眾暴動；（二）同日，在旺角亞皆老街，惡意毀壞亞洲金屬製品廠汽車ＡＥ八五五八號。「李〔德義〕又說〔向調委會〕說在地牢中〔北九龍裁判署；羈留室於地下高層〕，他〔李〕曾問一『沙展』及一名『二劃〔二柴；警目；ＣＰＬ〕』，此處何處，對方答謂此非北九龍裁判司署，乃『謀人寺』。」「『謀人寺』一語是在地牢出面近廁所講的。」「後來，他們又拳打腳踢，又用警靴踏他背。李強調，當時盧麒與維多利亞監獄的五十個犯人及一些警員均見此情形。」〔盧麒於四月十二日在北九龍裁判署提訊，四月十三、十四日在中央裁判署審訊；李德義於四月十五日在北九龍裁判署〕。

「一青年（李德義）」「事後為九龍反黑組探目林超（或釗），幹探羅東成、許金發、許志強，跟踪到石硤尾（四月十日）將之拘獲歸案。」「被告全部認罪，向法官求情。」「案內反黑組馬兆雄幫辦主控，據陳述案情稱，四月六日凌晨二時至四時之間，反黑組探目林超（或釗），偕所屬幹探多人，奉命監視被告及其他數名男子活動，當時被告等在彌敦道與梳利士巴利道附近騷擾，到晚上十一時被告等沿彌敦道進至山東街及新填地街交界附近，聚集群眾三、四百人，同向巴士擲石，繼續向北移動，至上海匯豐銀行附近，將一輛客貨車推翻路中，（『幹探們』觀看並等候跟踪拉人），繼將AE八五五八號（記著車牌號碼，抄入警員記事簿）私家車推翻路中，不久，且縱火焚燒，被告揮手煽動現場群眾，繼續前進，十分鐘後（記著時間）防暴隊到場應援，放催淚彈，始將群眾驅散。」「四月十日上午十時十五分（跟踪了四天？），反黑組探員」「到被告家中，將被告拘獲歸案。」

是我嗎？
是我嗎？
耶穌說、彼得、我告訴你今日雞還沒有叫、你要三次說不認得我。
四月五日在九龍舉行巡遊前

〈日常的暴力〉

〈每一個都可以是警方線人〉

〈如果盧麒沒有被「線」，或跣〉

〈或，被出賣〉。

「I〈盧麒〉can smell them〈便衣探員〉out.」「一名自稱工廠散工，但卻『西裝革履』『眉精眼企』講話『滋油淡定』『咬字一個個清楚』的控方證人」「第三個監視他〈盧麒〉是任蝦。這個人主動向他接觸，說是支持他的，但到頭來卻在法庭指證他。」「他表現得像〈盧麒〉的助手。」「後來他〈盧〉在旺角警署知道該男子名任蝦，是一個警方線人。」「本月六日晚上，他〈反黑組探員〉在旺角西洋菜街樂群酒店當值，至十二點左右，他的一名朋友任柏〈蝦，或夏〉來找他，他認識任已經有三年，任以前也找過他。」「證人任夏作證稱：彼為尖沙咀一工廠散工，當晚七時，見被告及三男子在尖沙咀火車站集合，彼上前搭訕，被告〈盧麒〉謂七時半準備再到港督府請願。」「彼〈證人或線人任蝦／夏／柏〕當晚曾與被告〔盧〕同往黃大仙十一號巴士總站，準備開記者招待會。」「但後來未開記者招待會，隨即返回尖沙咀。」「當晚十一時，往加連威老道」「一間馬來餐廳，被告對證人說要寫四張紙交給證人，叫證人交給商業電台、麗的呼聲、香港電台、南華早報，要求廣播支持。」「〔任柏〕將四張紙交給當警員之朋友。」

〔如果從不相信就沒有出賣〕

「四月五日，在他〔盧麒〕前往港督府請願，及隨著到市政局會議廳求葉錫恩和貝納祺議員〔如果我從不願意我怎能說因為你〕指示進行合法示威行動時，時常都有一名便裝探員靠近他身邊。」「The detectives were easy to identify because they had something bulging out at their right hips, their eyes were "always glancing here and there and their manner very very proud" 」「He〔盧麒〕later qualified his remarks, saying that he was not positive they were detectives, but thought that they were.」他們的眼睛左溜右望，右腰盤有東西漲起，舉止傲慢，十分傲慢，盧麒又修正，「不肯定他們是探員，但覺得他們是。」「他混

在記者群中，對盧麒自稱是記者，那個警員是鄧生（『A fat detective』）」，「盧除了在督轅時詢問他身份外，」「盧是在和葉錫恩一起到跑馬地蘇守忠探望蘇母時，才從記者口中得知鄧生是警探。」（監視他的人）

—被甚麼或被誰，或根本沒有，被出賣。

—認罪的，不認罪的。道德上，歷史上，兩種人嗎？

—還是性情。我喜愛盧景石的軟弱，因為可親。

—因為就是我。生存下來，因為軟弱與妥協。

—所以希望，能夠愛。如果能夠，起碼我盡人之所能。

—我能愛你嗎？有能力嗎？有勇氣嗎？可以抵抗恐懼與焦慮嗎？

—甚至如果，被抗拒或遺棄。

「被告〔李德義〕全部認罪，向法官求情，謂由於年輕識淺〔二十一歲〕，至為匪徒利用〔誰是匪徒？〕」盧景石認煽動他人暴動罪，同樣「it was stupid of me to do what I have done」。「被告（一）曾全洪，十八歲，漁農處職工，住花園街一〇×號B三樓（二）何友林，十七歲，無職業，同住上址。同被控三罪：（一）四月六日，在九龍地區，參加暴動（二）同日，在亞皆老街，惡意毀壞美的公司櫥窗玻璃，損失約值二千一百元（三）同時同地，偷竊該公司一個塑膠嬰兒浴盆。〔二〕被告認罪，並向法官求情，謂一時衝動。」「法官聆供後，判兩被告首罪入獄一年，第二、三罪入獄六個月，分期執行，即共入獄兩年。」〔認罪，是否出賣我所信？〕「年輕識淺」「愚蠢」「一時衝動」〔無所信；不言出賣〕〔我做的，並非我〕「主控」「述案稱：兩被告〔前述〕屬同居好友，當晚十一時離家，參加九龍暴動〔我清楚知道，並行動〕〔我不過不願意承擔〕〔如果盧麒認罪〕。當時約有五百人齊集旺角〔人多的地方，電影院的地方，可以忘記我這個生存的承擔的地方〕亞皆老街新華戲院附近，進行暴動，推翻汽車，放火焚燒，擊毀吃角子老虎機，及擲石等。」〔「成年人參加暴動大都是要因為達到某種目的：〔『當時他〔盧麒〕是站在「前面危險」的交通標誌上』〕青年人則不然。他們比較喜歡冒險、責任心也比較輕，易於用興奮、刺激、抑或異乎尋常的方法來消磨多餘的時間〔即生命〕。」「青年人已越來越認識本港的社會及經濟情況，而且對於他們獲得成功的機會有限，以及好像不能實現所抱願望一事，漸漸感到苦悶」〔「四月五日，你〔盧麒〕為何向群眾演說殖民地的問題？」「我〔盧〕很奇怪，在這二十一世紀，美國在世界的另一邊發射登陸月球火箭，在這一邊仍存著十八世紀的殖民統治。會上旁觀的人多發笑，大概因為他將二十世紀誤作二十一世紀」〕〔如果那並非誤〕「暴動是青年人藉以對社會現時制度表示不滿的不正當辦法，它也是不服從管理的一種表現」〔如果我急速老去〕「防暴隊到併〔並〕放催淚彈，驅散暴動群眾。兩被告隨同大隊〔暴動就是跟大隊〕〔被告就是自己承擔〕轉入亞皆老街，向九龍城方面而去，途經美的公司，群眾又擲石毀該公司之櫥窗玻璃，並湧入搶刦〔劫〕，放火後離去。奉派在場監視群眾暴動之反黑總部探隊認出兩被告，本月十四日上午十時十五分，跟踪到山東街與砵蘭街交界，〔失驚無神〕拘獲第一被告，同日四時十五分，再到花園街〔無情情〕拘獲次被告，他並在二人家中起回當晚所偷之塑膠嬰兒浴盤〔盆〕。」「被告薛祥，十七歲，工廠工人，住在石硤尾新區第十座大廈。被控（一）四月七日，在旺角彌敦道惡意毀壞九龍巴士公司雙層巴士ＡＤ四八四四號，損失約值二千五百元（二）同日同地，偷竊瑞興公司兩件羊毛衫，一件乾濕褸，被告認罪。」「四月七日夜，被告〔薛〕在李鄭屋村古墓前，參加遊行，遊行人群由元州街經彌敦道，向尖沙咀方向而去，到尖沙咀後，回途到達快富街時，被告以石襲擊巴士，放火焚燒，又湧入瑞興百貨公司，偷兩件毛衣，一件乾濕褸，但只穿一件毛衣，其他兩件丟去。」

〔如果盧麒不在香港出生〕

「歐陽耀榮〔：『我很害怕』〕於一九五一年，在香港出生。」我們無法找他的出生記錄：他不在香港出生。我們可以找到盧麒及其他可能在生人士的出生記錄，盧麒母親呂凝的死亡記錄。（不在香港出生，可以遞解出境）「本港居民有時由於對遞解出境一事產生莫須有的恐懼，而加深他的欠缺永久性的感覺。」一六〇年代的香港警察秘密檔案，竟然有多個「遞解出境」的檔案，被遞解出境人士，全涉及間諜及顛覆活動，由政治部警員負責跟踪逮捕。破獲的間諜會被解返原地，多是台灣，少部份來自中國大陸。一九六三至六五年間，破獲的台灣間諜組織包括：南方組，七十六，九零三組，三四七，三零一組，北方組，七十六，七零零，一零零三，一二一八，六六零八，一一五九，九三零一，九三零三，三

AUYEUNG Yin-wing
(wearing glasses) is
pictured handcuffed t
another yo
1966.5.18
outh, as he
arrived at the City
Hall to give evidence
to the Riot Inquiry
toda
那天很大風

三，五五，六六零三，六六零五，六六零七，全以號碼代。工作包括收買中國大陸的間諜，搜集英軍情報，滲入香港警隊政治部，運炸藥與軍火，於中國大陸爆炸破壞。據警務人員估計，即使盧麒被殺，並因政治理由，香港警隊政治部動手的可能非常低，因為謀殺並非政治部的工作。間諜被捕後，羈留於域多利街，稱「白屋」，等待港督簽發遞解令，驅逐出境。

「棄置在彌敦道的，支持國民黨的一個牌板，顯然並未引起人們的興趣。」當時港督戴麟趾，寫給殖民地事務大臣的秘密書信，報告九龍暴動，首段就明確指暴動純粹自發，與左右政治力量即國民黨共產黨無關：「Everything indicates that these riots were spontaneous and motivated by pure hooliganism unconnected with right wing or left wing politics.」「〔B〕oth sides used their influence to restrain their supporters from any involvement and in this they seem to have been wholly successful.」左右派勢力都努力制止支持者參與，而看來相當成功。「當日〔四月六日〕下午四時，四人〔被告盧麒、盧景

石、蘇守忠〔等〕」曾往革新會」「第二步驟請求工聯〔會〕〔左派〕主席支持反加價行動，發動學生罷課及電車工人罷工」〔沒有成功〕。「Why this line was taken is not yet certain but it seems a clear indication that neither side was prepared for these disturbances nor had a hand in organizing them」〔因此純粹〕「Their〔左右政治組織〕refusal to become embroiled was, of course, of great assistance to the security forces」政治組織不願涉及衝突，對保安當局自然很大幫助：〔「成年的人」各有盤算；「在海棠道被拘留者」「年齡十三至十七歲」「二十四人」「有十二人聲稱：他們實在沒有參加暴動，他們只是經過發生暴動的街道而已。其他十二人，四人承認呼喊，四人承認投擲物件，一人說：他和他的學徒同伴以為那是一個對警察報復洩憤的機會，所以他攻擊一輛警車。兩人說：他們為了好玩而參加群眾，和要直接體驗暴動的情形。其中八名男童說他們因為好奇心而參加，另八名男童為了好玩而參加。兩人說：他們這樣做的理由是因為反對加價。一人說：他的動機是『反對壞政府』。其餘的不能說出理由」」「Demonstrations over the issue of the

Star Ferry Company fares provided the occasion for the rioting but were not the basic reason for it.」天星小輪加價並非示威的基本理由。〔一九六六年四月二十六日，「下午突然宣佈批准天星小輪加價」「警方於昨晨〔四月二十七日〕零時許，採取一項臨時戒備措施，通知各級警員，隨時與警署聯絡，以備必要時集候命。」「自加價消息公佈後，港九各區市面，一片寧靜。」〕「The Company's installations were at no stage a target for the rioters and it is necessary to look more deeply into recent events in Hong Kong to understand why so comparatively minor an issue should have sparked off so serious and sudden a conflagration.」從未有一個時段，暴動人士破壞天星小輪公司的設施，所以必須深入觀察香港最近發生的事件，以明解為何此一相對微小事情，可以燃點如此嚴重及突然的烈焰。

〔香港出生。〕〔北京有京生。香港有港生。〕〔陳港生。後來做了功夫明星。國際。他學的是京劇。〕〔香港出生。我們。但我們那麼不一樣。〕〔我第一個在香港出生

的姊姊，一九四九年十二月。較年長的那一個，在中國大陸，我們甚至不知道她出生的地方。〕〔微小歷史：〕她已經死了。她在那裏出生。可以埋沒。〔那裏；不是哪裏。你；不是妳，您。〕〔但她。他。渠。伊。彼。〕〔言語家園，在那裏？〕「欠缺永久性和無所適從」：「他們不但對香港有這種無所歸屬的感覺，他們對其他許多事物也有同樣感覺。」「因為這種感覺是由於本港青年們認識到他們父母所熟悉的家園已不復存在，而他們沒有機會在本港或海外重建這個家園而後產生的。」〔再一次，他們的家園不是他們的。」而我從來沒有。談不上失去。所以離。

「然而，從來沒有在香港以外居住的年青一代正在長成中。」

「何允華，一九五一年十二月在香港出生。他的父親是一名看更人。」因為打更：渺遠的，咚，咚，咚，撐。後來只在雪花滿佈的黑白電影裏面看到聽到。如同所有消失事物。更：時間記認。「他有三個兄弟和三個姊妹。」「他曾在小學讀書四年，後來他到九龍重慶大廈當學徒，由一位師傅教他雕刻象牙。」「今年（六六年）四月時，他已當了學徒兩年（十二三歲開始工作學師），再一年他就習技期滿。」「他在當時除了有食宿外，每月還可得十元。但是習技期滿後，當工匠每月便可獲五百至七百元。」「他後來被控持旗和阻礙交通，並且認罪。」（被捕時十四歲零四個月）「他對打八籐和六個月監禁判決提出上訴，結果部份成功，監禁獲得赦免。」（即八籐已打）（「九龍騷動期間，七名男童因涉嫌破壞宵禁令或毀壞物品被拘。前在裁判署受審（很快及很多人地），分別判入感化院接受管教並笞籐。」「七人不服原判，昨（一九六六年六月二十日）向高院刑事上訴庭上訴，要求減刑。上訴庭法官聆取上訴理由後，指原審裁判司無權判處入感化院及笞籐，將七上訴人之刑期撤銷，當庭釋放；惟體罰之判處，業經執行，只能予以保留」」「在某一階段，他（何允華）說過去碼頭是為了呼吸新鮮空氣，但是他然後又極力強調；他是因為看到早報說及蘇守忠被捕而去的——其實蘇守忠是在那天下午較後時間被捕的。」「四月六日下午七時三十分，他離開重慶大廈，持著橫幅旗幟前往天星小輪碼頭，這旗幟他所說是他的朋友為他預備的。」（持旗有罪）「他說當他到達天星小輪廣場（我們時常記念的廣場，及熱情，及殘餘，及血漬清洗）（角色決定人麼。如果我是當權者，可能我會下同樣命令，不為殘殺。會有更合理的理由，殘殺並不合理。這樣，即使願意做一個善良的人，即使遠離權力，我們還會殘忍。人有殘忍的本性。）（你觀看他人痛苦作娛樂。你出賣你遺棄），那裏並沒有示威運動。」「他高舉旗幟，有些人便聚集在他周圍。」（好像那一幅法國七月革命的《自由帶領人民》油畫，Eugéne Delacroix）（誰是何允華？〕「然後他走上疏〔梳〕利士巴利道和彌敦道。有一群民眾跟著走，」「據他所說：他仍然保持緘默，並且考慮是否帶他的行列〔在狂歡之中，我們都不是平日那個萎靡〔象牙學徒，月入十元〕的自己〕到大世界戲院，因為從天星小輪廣場到大世界戲院有一段相當的路程。」「他說：可是當他到了樂宮戲院就被拘捕了〔無情情〕。」「霍傑士〔譯音〕先生〔警司〕轉身橫過彌敦道，抵達群眾一旁。」「群眾發出許多嘲弄聲，而且無可避免地引起交通阻塞。」「他問持橫幅的人他是否已有巡行許可證，但那男孩子立刻呼叫說：『他們逼害我們』。」「那地方當時人很擠，因戲院觀眾正散場〔場外的另一部電影，我們都可以參與，有角色，如果你聲音夠響亮，有對白〕，霍傑士先生恐怕妨碍〔礙〕治安，就拘捕了那青年。」

「到此，羅弼時Denys Roberts檢察官要求盧〔麒〕以英語回答問題。盧大聲回答：『我不想講英語，因為我是中國人。』（聽眾大笑）。」「何瑾爵士Sir Michael Hogan即

「他說很倦。我在庭上深靜默。」
刑事案件
HCCC408/2016
Kowloon Riots.
LEUNG Tin-kei (梁天琦),
hin (林傲軒), LAM Lun-hin
1966
15th A

命令聽眾不准笑，否則趕離現場。」（我忍唔住笑。）（笑是弱者對權威的反抗）（笑掩飾，不快，恐懼，沉悶，孤獨，不同意）（嘲弄；驕傲）「何瑾爵士再問盧能否以英語作答，盧答因為他是個F４學生，簡簡單單，而又沒有法律名詞的問題勉強可以。」「之後，盧麒即以英語繼續作供。」「（盧麒）問是否支持反加價？怕否子彈及警察？大家不答。」（相信是警方線人任蝦舉證盧麒）「被告（盧）自己說不怕，又謂：中國人與外國人並無聯繫，我們要打倒大英帝國，打倒外國帝國主義。」「盧否認（對任談及『打倒——』）。」「騷動所造成的情緒高漲的氣氛，會使潛伏的種族主義與與民族主義的情緒（反殖民）（反英反帝）藉以發洩，那是尋常的事。」「這次暴動中僅曾稍有涉及種族主義的行動」「（四月六日晚）約在十一時左右，他（證人；記者）在近海防道的地方見到一群青年搗毀交通標誌及停車收費錶。他說圍觀的人很多，但積極從事破壞的人只有十人左右。」「他在美麗都大廈外面有一群人圍著一名美國人並且恐嚇他。群眾中有人說：『呀，有一個西人，我們打他』！但這個美國人很鎮靜，不斷笑著，說，『我站在你們一邊』，後來群眾就讓他走了。」聽證委員會傳召作證、供述現場指揮或遭遇情況警方人員的有：Mr Norman Rolph，Acting Senior Assistant Commissioner：「They〔群眾〕matched on into Un Chau Street〔深水埗欽州街〕，blocking traffic flow until the police made them walk single-file〔單行行走〕，shouted slogans for a while in Taipo Road and Wong Chuk Street, then moved on to Poplar Road.」「There they met and jeered at Mr. C. P. Sutcliffe,〔Senior〕Assistant Commissioner of Police」，群眾見到並噓高級助理警務處長。〔〔Mr. C. P. Sutcliffe譯薛畿輔〕〔「Charles Payne, 12 July 1916; predeceased daughter Velerie, 2000, son Richard, 2003」子女都比他早死。」〕〔殖民者：「Charles left England Christmas Day 1939」聖誕日離開英國。殖民者從離開開始：離開意味：失去，在陌生的地方開始，暴烈。〕〔For Palestine。當時的巴勒斯坦英屬。巴勒斯坦失去了土地與國家。〕〔「〔A〕 sergeant in the Chester Yoamanry〔志願騎兵團〕」〕〔「1941,〔he〕left Palestine for Sudan for the British Military Mission to Ethiopia」：蘇丹，伊索比

亞為英屬〕〔他一定是個愛好新奇與熱烈的英國男子〕〔「He was in Escort of Emperor Haile Selassie's return to Addis Ababa from England.」他護送伊索比亞國王從英國回阿的斯阿貝巴〕；駱駝車隊；「It was a camel train with large military escort」〕〔殖民地的榮華〕〔「Charles retired from the army as Major〔少校〕in Cheshire Regiment in March 1946 in Nairobi〔肯亞首都〕；and went directly to the British Colonial Police Force in Tanganyika,〔後來與其他地方聯成坦尚尼亞〕，serving there until 1960」〕

〔殖民地就是英國俱樂部。〕

「Charles transferred to the Hong Kong Police in 1960 as an Assistant Commissioner on Tanganyika's independence.」〔Tanganyika 一九六一年從聯合國託管地成獨立國家，查理士要離開；來到香港的殖民地警隊。香港後來沒有獨立。〕「〔翻譯〕十九歲查理士‧薛

Mr Sutcliffe
四月六日晨早四時左右，有一名示威者在襲擊薛鐵輔先生後被拘捕

畿輔學習成為化學分析員，但因為熱愛騎馬及馬，他參加了志願騎兵團。」〔「他成天騎馬，從快成為軍隊的騎術教練，學生比他還年長。」〕〔來到香港當助理警務署長，四十八歲。〕〔「He commenced his police career in 1937 as a beat constable in London.」警察事業從二十一歲在倫敦開始，當警員行咇。〕〔冒險者：「He fulfilled his ambition to climb Mount Kilimanjaro〔坦尚尼亞睡火山；非洲最高山；高峰四千九百米〕searching for a lost photographer」；為了找尋失蹤的攝影師，他完成了他的登山志願；「It was a remarkable feat, with limited equipment, in the thin air」；空氣稀薄，有限裝備〕。〔「去伊索比亞之前，查理士・薛畿輔上尉回倫敦辛苦後閒休時遇到他後來的妻子，她在戰時駐守倫敦的加拿大軍隊服務。他去到伊索比亞，寫信給女子求婚。」「差點結不成婚，查理士幾個月前游泳時給鱷魚襲擊，大腿多處撕開受傷。」「他不敢寫信告訴女子，怕保不住腿，結不成婚。」「婚禮上查理士・薛畿輔少校需以拐杖行走在女子身旁」〕；「〔四月五日晚上〕在警察總部外面的彌敦道〔太子道〕薛畿輔先生形容他怎樣與示威群眾講話：

「He tried to speak to them, could not get their attention, then tried again through an interpreter. Before that time the crowd had shaken clenched fists at him at one point.」他想跟他們講話，但無人注意，他再次試著，透過翻譯。之前群眾有一刻向他示以拳頭。「他從來沒有試過講廣東話。問他會不會講中文，他有點僵硬的微笑，不。」「He finally got through to them by interpretation that if they kept order they could go on.」終於透過傳譯他告訴他們，如果他們守秩序，可以繼續。「But when the marchers and the Police, following them, got to the "Star" Ferry concourse, Tsimshatsui, the youths, who were laughing and joking again shouted and raised their fists at him when he tried to speak to them.」遊行者與跟著他們的警察到達尖沙咀天星小輪廣場時，那些笑著鬧著的年輕人，當他〔薛纖輔〕想跟他們說話時，他們大叫又向他舉拳。「He felt a thump on his back and turned round to see Supt〔警司〕G. Fergus arresting a man.」他覺得背身有一沉擊，轉身見警司〔譯霍傑士〕在拘捕一名男子。〔「十八歲少年被捕」「李明華」「住觀塘徙置區T座某室」，「被告承認

控罪，官判入獄四個月。」「被控於本〔四〕月六日，在九龍地區，毆打九龍〔高級〕助理警務處長薛畿輔」〕「The crowd that had closed him〔Sutcliffe〕in seemed afflicted with "hysteria like Beatlemania," 」群眾包圍著他〔這個登山，「在稀薄空氣之中」；在有鱷魚的地方游泳的人〕，似被甲蟲狂熱〔可是樂隊〕所感染，「the banner carrier, who was standing in front of him at that time, seemed in a daze, not knowing what was happening」持旗〔「橫額」；報告書沒有用過；〕的人，站在他面前，似乎迷糊，不知道發生甚麼。〔「他〔何允華〕說：當他被捕時，他覺得很詫異，因為他不知道為甚麼被捕，而警察也不告訴他為甚麼被捕；」「當他被捕時，群眾就分散了。」〔你知道的，只是你自己一個〕〕「He thought someone else had got the 22-year-old lad〔不是何允華，他只有十四五歲〕into a state of hysteria where he was "completely out of his depth" 」他覺得有人將這名二十二歲青年導入歇斯底里狀態，他〔青年〕完全不明所以。「Before long〔Sutcliffe〕was again confronted with danger through the riots of 1966.」「An inspector at the time recalled carrying a long baton which had broken while he was using it to clear a bonfire of debris at the interaction.」1名當時的督察記起，他因清除路交界處的廢物熊火，長警棍弄壞，「“K1” the land rover used by Charles Sutcliffe as the SACP/K (Regional Commander Kowloon) turned up at the scene and Charles Sutcliffe emerged」九龍區總指揮用的吉普車K1號到達現場，查理士・薛畿輔出現，「...also carrying a long baton.」也帶著長警棍。「Seeing the young inspector with his broken one, he approached him and offered him his own long baton, saying, “I think you may need this more than me.”」他見年青督察帶著爛警棍，走前給他他的長警棍，說，我想你比我更需要這。「This made quite an impression on the Inspector and his platoon, not least because Mr. Sutcliffe was “out with the men” in the front line.」這令督察及他那排印象深刻，全因薛畿輔先生在前線「與他的人」共進。「The hunger striker, So Sau-chung, a lad “not very strong in the head”, who in turn “fired” other youths,」「Mr. C. P. Sutcliffe,」「told the Commissioners.」薛畿輔先生告訴委員會委員，

絕食者蘇守忠，頭腦不十分強的青年，惹起其他青年的火，「The youths, interfered with by Police, took it on themselves to "bait" the Police, then attack them, he added.」這些青年被警察干涉時，便「誘餌」警察，又襲擊他們，他又說。「這種情形〔『僅曾稍有涉及種族主義的行動』〕是要歸功於本港各種族之間通常的相容的態度。」Superintendent Gerard Fergus油麻地區警司霍傑士警司〔前述〕；深水埗分局警司麥律德Murray Todd〔「在作證中，突然暈倒證人台上。據悉警司是因為暴雨為患期內，四日夜不眠，以致不支暈倒」「警司作供時不時以手帕抹汗，當時法庭有冷氣，在座者似不覺熱，聆訊中，忽然聽到羅弼士〔首席檢察官〕高呼，並且急離座奔至證人台，原來杜德〔Todd〕警司欲昏倒，其他大律師亦急離座將杜德警司扶持著，才不致跌倒。眾人將渠扶至檯上暫生休息。並替渠塗藥油，〔很中國〕，始稱見好轉」〕；A. G. Ross港島總部警司盧善〔羅斯〕；A. B. McKnight, Divisional Superintendent of Shamshuipoo，深水埗分區警司；薛富A. E. Shave, Superintendent of Police；G. R. Dunning, Superintendent of Police, Traffic交通高級警司鄧陵：Supt R. J. Bretherton 黃大仙警司巴德純：John Clevanland Wiser, Assistant Superintendent of Police：Detective Inspector of Mongkok Division R. G. Ibbitson〔旺角差館督察〕「Lo〔盧麒〕, who spoke with a mixture of Chinese and English, said he had not found any honest, straightforward policeman yet」盧中文夾雜，說他未見過誠實正直的警察「But he did say that one police」「Ibbitson had treated him kindly」這督察對他很好：Senior Superintendent O' Brien of Special Branch, 政治部的高級警司：〔所有作證的高級警官都是歐洲人，如果不是英國人〕。〔「十八世紀的殖民統治」〕〔「李〔德義〕」「清清楚楚地指出，被捕後，亨德警司（EMP Hunt）威逼要他合作去『陷害』葉錫恩。」「李稱，亨德警司與他談及這問題時是五月十一日，在芝蔴灣監獄。」「李稱，在監獄內他並未曾將盧〔麒〕對他所說的話告訴那『鬼佬』（李指的是亨德警司），理由是因為他被打後，身體已經很弱，加上所受內傷，故不想再生麻煩」〕〔「西人幫辦用中文對黃達〔探員〕說我〔李德義〕不承認暴動，之後由黃達帶我去見亨德警司」「聽到〔西人〕幫辦用污言穢言罵葉錫恩及貝納祺。當時幫辦很客氣問我有無聽到〔且略〕與盧麒同性戀之事，我答，全部不清楚那些事」〕〔一九五〇年的《侵害人身罪條例》四十九條，任何人士觸犯可厭罪行，與人或動物肛交並被定罪，可被終身監禁。〕

盧麒最後遺下的紙張，「夏蟲雖疸，唯其質不變、民族敗類們就是有務者的七十二度變法，但始終他們還是民族敗類，以紙包火，能其不變者，怪哉。」〔誰是／那一幫人是「民族敗類」？〕「賤哉盧麒，此小子有牛排不吃，吃粗茶大飯，有豪華酒店不住，住徙置區，有官不做，卻把監獄當家。」「在法庭〔西區裁判司署；蘇守忠提堂答辯〕外面，見呂鳳愛與盧麒，他們與他〔二十五歲青年阮文錦；證人〕交談，曾問他革新會在那〔不是哪〕裏，他回答不知道，離開後，」「在巴士站，〔見〕盧麒與呂鳳愛，於是一起乘巴士。」「證人〔阮〕說在巴士進行中，並沒有與盧麒交談，因不喜與盧麒交談，但盧則時常向他發問。」「到革新會附近所站上時，彼此下車，他亦有跟隨上革新會。」「證人表示，盧、呂兩人上台作供時謂他志願帶他們到革新會是不對他們說謊而已。」「離開革新會後，他又再跟隨他們去港督府請願，證人﹝阮﹞強調盧麒在公共地方穿得不雅觀﹝盧麒當日穿紅色風衣，﹝問：當晚我﹝盧麒﹞穿甚麼褲？﹝證人任蝦／夏／柏﹞答：黑色長西褲﹞，他因此距離數碼之遙，在後面跟隨，不喜與他一齊。」「現在我﹝盧麒﹞是在香港，我只不過是圖福利於香港市民，但此意圖卻帶給我無限災難，生命，安全沒有保障，血也流了，人也死了、傷了，監也坐過了，但是如此大的犧牲，代價呢。」「不故﹝顧﹞一切，切切實實為市民造福的人們受到迫害。假惺惺的走狗們，打著為市民這這那那的旗號，要看高明的掩眼法，盡享榮華塵祿，宏﹝炫﹞耀於他人面前。」「後來藍剛與一些探員入內，著彼﹝盧麒﹞踎於一角，藍剛對彼話：『冇骨氣，倚住個班鬼佬嚇住佢。』盧解釋藍剛所說，意思話彼倚賴葉錫恩、貝納祺等嚇警方。」

﹝盧麒可以倚靠相信，誰？﹞

盧麒死後，葉錫恩被要求出席死因聆訊，不過她拒絕。一九六七年五月二十四日，她寫了一封信給死因裁判案法庭，「I have been instructed to attend the Inquest on Mr. Lo Kei on 31 May, 1967, at North Kowloon Court, at 12 noon.」「In the present situation in Hong Kong, I do not feel I wish to give evidence, as I do not believe any evidence I might give will make any difference to the decision on the cause of death.」香港目前的狀況，我〔葉錫恩〕覺得我不想給証供，因為我給的任何証供我相信不會對死亡原因的決定有任何影響〔未開庭之前，她知道結果〕。「However, I wish to make my own reservation which will not be affected by this request not to attend.」但我的保留將不會受到此要求不出席所影響。「I trust that you will grant this request. I am interested only that justice may be done for this orphan.」我只關注這孤兒能夠得到公義。〔騷動之後〕「我〔葉錫恩〕並不逃避責任，因為我為正義而奮鬥的責任未了，如果我成為代罪羔羊，替香港解決了問題，換來了四

百萬人應有的公理與正義，學習基督的精神，我何樂而不為？」「如果我的犧牲沒有價值，其結果是香港更深沉的黑暗，那末，我的犧牲，也並不想像中的那末容易。我已經說過了，我對我的國家〔英國〕、對香港，我的責任仍然未了。」不過，她交了一份証供報告，「So Sau-chung told me that Chan〔陳姓『友人』〕, with whom Lo Kei lived, would have been a secret agent for Taiwan. I am not sure whether or not this was true.」與盧麒一起住的陳姓「友人」，有可能是台灣間諜。「Lo Kei told me Chan had been the UN Representative of the whole of China in 1937. This seems unbelievable, cause Chan was only 15 years old at that time.」盧麒告訴我〔葉錫恩〕陳於一九三七年是於聯合國代表全中國，不過並不可能，因為陳當時只得十五歲。「I feel that Chan should be investigated. Why should he have taken Lo Kei, a stranger in and help him?」我〔葉錫恩〕覺得應該調查陳。為何他收留不認識的盧麒又幫他？「Was he being used by some persons unknown to keep an eye on Lo Kei?」他是否受不知誰人利用，監視盧麒？「So Sau-chung has said that Chan Tai-wai did not allow Lo Kei to visit or see his (Lo Kei's) friend.」〔陳姓人士趕走盧安德及《新生晚報》記者〕。

「盧自認只不過是小『薯仔』（英文意思是小人物）而已。」〔誰會殺盧麒？如果被殺。〕

「盧〔麒〕是一神奇人物，可是，他的朋友〔陳姓人士〕就便神奇。」「這位〔陳姓人士〕，據說也有一段『光榮史蹟』，聯合國秘書長宇丹，亦曾給他寫過一封親筆信。」「他並將其影印竹製成副本以示親友。」「多年前，他〔陳〕晚上行經鑽石山附近曾被一神秘男子襲擊，幸以利斧退敵。事後他自己，為了紀念該段『驚險肉搏戰』，他以玻璃箱藏起一件染紅的衣服。」「〔陳〕是一名交遊廣闊的人，尤其結織由大陸來港人士。現他家內，除盧祺〔麒〕外，另有一姓L〔可能指黎民厚〕之青年寄居，L君脾氣不凡，唯對

〔陳〕則十分尊重。」「更有一件奇怪的事情，每月〔陳〕都收到一名陌生男子送給他港九巴士月票各一張，從無間歇，但直至現在，他自稱仍不知送月票者是誰。」

黎民厚，報稱於新圍出生〔可能指廣東增城的新圍村〕，一九五九年來港，報住培民村五十二號四段，即另一證人何明住處〔而非曾與盧麒同住之吊死現場〕。第一個接報至現場的警員稱，「〔翻譯〕當陳〔姓人士〕向我報稱時，有另一位中國男子與他一起，當時好像是個旁觀者。」〔或者他是〕。他是黎民厚。

何明，講本地話，生於上海。「〔翻譯〕9.8.66晚上，陳〔姓人士〕帶同一男子叫盧麒來我家，介紹給我。我從報上得知盧麒，但9.8.66之前，我從不認識盧麒。」「14.3.67，盧麒來我家拿他每星期的二十五元津貼，這是我最後一次見他在生。」「問：你對盧麒的死有甚麼意見？」「答：我〔何明〕不清楚，亦無意見。我和盧麒並不熟悉。上次見到，盧麒向我提及暴動報告，並伸說他們都責怪他。」「他〔何明〕想不到盧麒竟如此死去。證人〔何〕又說陳〔姓人士〕曾在他家睡兩天，盧麒也曾在他家過夜。」

「〔翻譯〕上次我〔陳姓人士〕見到盧麒大約是三或四天前。〔三月二十或十九日〕我們在家見面時，他沒有甚麼不同，亦沒提及要自殺。」「那天之後我〔陳〕就在我的經理何明，在東頭村培民村四段五十二號石屋的家過夜，沒有再回去牛頭角（佐敦谷）。」「據同樓鄰居稱，」「上址」「三人居住。」「祇近十天來，由於其他兩人因工作關係，須早出晚歸，便極少返上址食飯，祇剩下盧麒一人」。

無任何証據或調查指向或顯示，陳姓人士為國民黨間諜。

香港警察政治部的絕密檔案所記，被驅逐出境或接受調查的懷疑或確認國民黨間諜〔華人高級警司黃永賢案〕，來自中國大陸〔如黃永賢案中的「廣西幫」〕。〔無法擺脫中國大陸〕〔如果盧麒沒有在中國大陸讀小學〕〔盧麒書信或手稿，繁體與簡體字雜寫〕〔引文將簡體字改為繁體；因為不會打簡體字，也因為，可能，懷疑，不知為何，抗拒〕：「欠缺永久性和無所適從」〔後殖民〕「產生了不安全感。」「感覺一部份可以溯源於一種傳統觀念，即香港僅是人和貨物的轉口港」。〔轉到那〔哪〕裏？留的又何處可留？〕〔你和我，是遊移與安定的距離嗎？還是，懷疑與懷疑？〕「〔盧麒寫〕我們是半天吊的，生命歷程的殘酷耶？我們不是實實在在的生存著嗎？我們失掉了母國的倚靠，無主孤魂的到處飄，心靈的創痛直致〔至〕永遠？還是暫短的？」

「黃永賢警司、陳成幫辦已被解職，當局發出的解職信，是本月〔一九六三年十二月〕十六日交給兩人的。」「『政府對這兩人的解職，是經過審慎偵查後決定的。這是有關內部安全，並經有經驗的政府大律師研究過。』」涉及的國民黨間諜梁學佳〔譯音；國民黨間諜通常有很多名字〕，與黃永賢於廣西南寧一九四六年曾見面並認識。處理此案件的政治部高級警司O'Brien也曾會見盧麒。「黃永賢警司是九龍區華人警官中職位最高的一位。」「I〔港督戴麟趾〕regret to report〔報告殖民地事務大臣〕that as a result of Special Branch investigation into the activities of two self-confessed 〔自招‥為何

會自招？」Kuomintang Intelligence Service agents (both now detained pending deportation proceedings)」政治部調查兩名自認國民黨情報機關情報員，二人已被拘留，等待遞解出境，「we have evidence which leave little room for doubt that two local Police Officers passed information about Special Branch activities to these two agents between 1960 and April 1963.」我們的証據令我們幾乎不可懷疑兩名本地警官將政治部活動，於一九六〇至一九六三年四月間，告知兩名特工。

「The officers concerned are Superintendent

Wong Wing Yin (age 46)〔黃永賢，住在政府供給，位於太子道花園大宅〕〔調查及口供顯示，黃永賢在此案中，並無接受任何金錢或其他利益；即，非為物質酬報〕and Inspector Chan Sing (age 27)」，〔「〔翻譯〕梁〔承認台灣特工〕被Mr O'Brien叫他認出陳成照片。他更加唸經流淚，至叫他站起來，他檢出陳成照片。」「我〔Inspector JBW Adam〕可以說，Sir，梁更不願檢出陳成照片，比要檢出黃永賢更甚。我記得他說：『陳成這麼年輕。』」〕〔他知道陳成會失掉督察這份工〕〔當初他也不肯確認黃永賢〕「〔Adam証供〕他〔梁〕繼續否認從黃永賢得到情報。他說他們見面不過是朋友相見。」「the latter〔陳成〕acted as a messenger for Wong. According to this evidence, they have acted in a treacherous and disloyal manner and I〔港督〕can no longer place any confidence in them.」從証供得知，他們以欺詐及不忠的方式行事〔為一個不存在的「祖國」〕，我無法再信任他們。

一九六三年十二月十八日：「港島居民請注意：測驗內部安全聯絡之軍警聯合演習，定今晚舉行。演習時及演習後將有軍事警察及軍隊之調動，屆時將儘量設法以減輕公眾不便。」

一九六三年十二月十七日，「男女老幼難民一批，自陸豐逃亡來港，抵長洲被警截扣難民十五名，其中五男，三女及七小童，由陸豐縣逃亡來港後，被警方截獲。」「合共六十三名的中山、順德、番禺三縣飢民，於前日分乘小艇，冒險衝破多重嚴密封鎖，逃抵澳門。」

「彼等於昨晨到天主教福利會申請救濟，均獲收容於青州貧民所內，免費供給十天期食宿外，並分贈新棉被及禦寒衣物。」「此批難民中，青年男子約半數，餘為婦孺，中多農民，工人及『公社』幹部。」

一九六三年一月二十五日，呂秀英被送抵瑪麗醫院，証實死亡。

這一天是大年初一。

「差不多每年之此時，外間越是高興，自己〔盧麒〕則更感惆悵。」

大年初一，是盧麒母親跳樓自殺的死忌。

〔如果盧麒從來沒有出生。〕

〔時代還是一樣暴烈。〕

（並在遺忘之中。）

「舞廳女大班，因憤下屬舞女跳槽，將舞女頭髮剪去，昨（一九六六年六月十六日）被控於南九龍裁判署，認罪後，判簽保二百元，守行為九個月。」「被告范亞嬌，二十八歲，舞廳大班，住海防道，被控六月十四日，在九龍地區，毆打女子黃瑞卿。」「案情透露：原告以前乃被告屬下之舞女，後轉至另一舞廳伴舞，並遷往新女大班家中居住。六月十四日，被告往訪原告，適原告入睡，被告自手袋取出利剪，將原告頭髮剪去，且傷及原告頭皮。原告痛醒後與彼去糾纏，由同居女大班勸止。事後，原告至警署報案，將被告拘控。」

「在（四月六日）遊行出發之前，曾有一名自稱舞女及認名姜美玲的女子，表示願意參加抗議行列。她說：她那時剛與客人出街。但於遊行開始後，該名自稱舞女的少女已不知去向。」照片中該名自稱及認名女子，挽黑色手袋，穿淺色唐裝上衣：「圖為她向參加

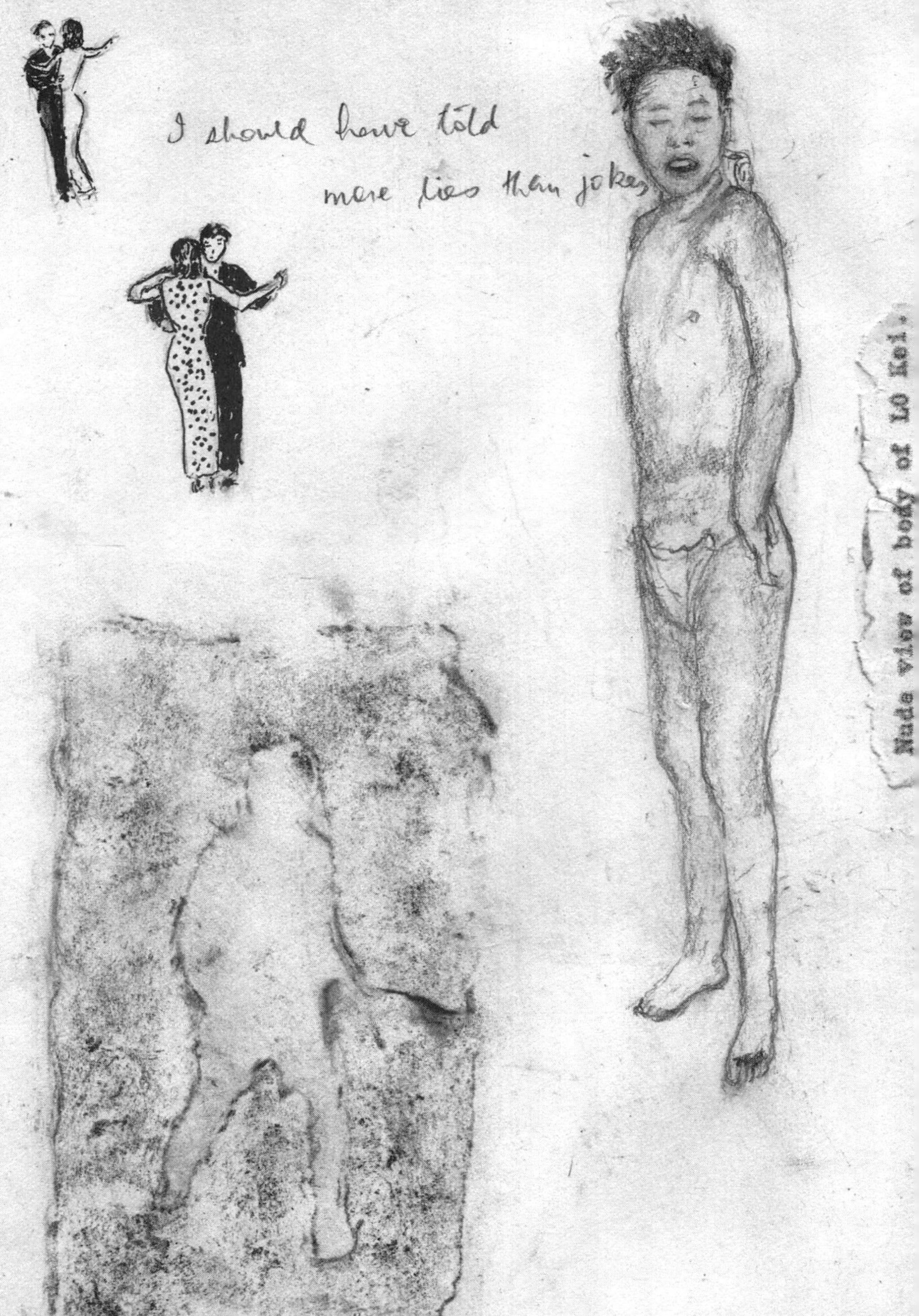
I should have told
more lies than jokes
Nude view of body of Lo Kei.

絕食的盧景石透露身份時攝。」盧景石神情肅穆。

「李德義的供狀稱：四月五日晚十二時，他在石硤尾的家中，聽到呼喊聲，隨見一隊人群向尖沙咀方向去，並與三名舞女一齊」。

「曾以『夜來香』歌聲享譽日本，而目前〔一九六五年九月十九日〕是尖沙咀金冠夜總會的紅歌星胡美芳，昨晨三時，被發現昏迷於柯士甸路二十六號A三樓的寓所中，送院後卻不治香消玉殞。」「這位明星現年三十八歲，蘇州人，於一九四九年來港，早年並在東方舞廳任舞小姐，其間檯鐘甚旺，不少男士拜倒裙下，後來從事學習音樂，不久學成了，隨即遠渡日本，在日本一間『夜來香』夜總會主唱時代曲，紅極一時，當時在日本娛樂界人士認為若要聽時代曲，一定要到『夜來香』夜總會，而到了『夜來香』夜總會，又一定要聽胡美芳的歌聲，故胡美芳在日本娛樂界以『夜來香時代曲』而聞名。」「雖然，胡美芳還是熱愛香港，不久便載譽而歸，在本港各大夜總會獻唱，去年九月，應聘為金

冠夜總會歌星，初時月薪一千五百元，不久後增加到月薪二千元。」「死者平日對人豪爽，肯幫助別人解決困難，有江湖兒女氣味，人緣甚好，可是，她事業成功，卻在戀愛方面遭受挫折，屢次失敗。」「據說：最近這位歌手又與一位姓周的男子在鬧戀愛，而且如膠似漆，而這位男士是本港頗有地位和有名望的人，家中亦富有，可惜的是這個男子亦有髮妻和子女，故相逢恨晚，未能結會，也因而使這位歌星受盡了折磨。」「於前天晚上，她照常到金冠夜總會獻唱，但卻較往日稍遲回家，連她的工人都睡著未發覺，直至昨晨三時，這位工人突然被一位男子推醒，說她的女主人胡美芳服下藥物，在寢室暈迷了。這工人聞報，立即到房內探望主人，果然見這位歌星暈倒在床上，工人立即報警，但當警方人員趕來將她送院救治時，卻不幸斃命了，事後警方在她房中檢獲一個空的藥瓶。」

盧景石曾經在那裏唱歌的「金鳳凰夜總會」，位於彌敦道七十四至七十八號文遜大廈。「金鳳凰」一九六〇年五月十三日的報章廣告「The Golden Phoenix Proudly Presents Two Outstanding Floorshows」（「科騷」，香港中文）「Direct From The USA」「At 11p.m.」「Charming and captivating Acrobatic DANCE STAR! at 11.30 midnight」。另一張一九六六年六月八日的廣告：「Tonight!」（星期三）（盧麒、盧景石和我們知道的青年們，這日子都在坐監或在男女童院（五十人）、教養所（七人））（「本（四）月六日晚，九龍地區，因反對天星小輪加價，大批群眾初而作示威遊行，繼而演變為為暴動，政府當局於七日凌晨宣佈宵禁，因此事件而被捕者數百人，其中八十名昨〔四月七日；暴動第一晚以後〕〔其後第二晚；及被跟踪者，陸續被捕〕總數解控於南九龍裁判署，參加暴動而被控行為不檢者，認罪後多判入獄六個月，被控破壞宵禁令者認罪後，多被判入獄四個月。」「各被告之職業包括學生、學徒、漁夫及工人等，年齡最小者十二歲，最大者為五十二歲。」「八十名被告中，五名為女性。」〕「MIKI KUTSURA EXOTIC JAPANESE DANCER (12.15 am)」「BEVERLEY AND SCOTT TALENTED MUSICAL COMEDY DUO (10.15 pm)」「別有風情的日本舞孃」露大腿露臂。「MUSIC BY NELSON ALCANTARA QUINTET」五人組很可能是爵士樂隊，「Coat and Tie after 8 p.m.」八時以後要穿西裝打領帶，「Open from10 a.m. to 2 a.m.」。

「世界信義宗社會服務聯會香港區總幹事施同福牧師Rev KL Stumpf」「他說〔騷動原因〕」「在低級電影以外的『商業性娛樂』，例如酒吧、舞廳，都使很多青年男女沉淪於罪惡」原文作「Apart from violent films,“commercialized entertainment”such as bars and dance halls, were attracting young girls with the prospect of earning high wages.」

一九六六年七月二十一日，葉錫恩的代表律師BH Tisdall及九龍騷動調查委員會的律師JH Sanders去探望盧景石的母親〔風塵女子〕「I〔Sanders〕went to Mrs Silva's flat near the Crown Restaurant in Nathan Road Kowloon」，彌敦道「皇冠酒樓」位於旺角近弼街位置，並非盧景石報稱所住的，月租四百元的尖沙咀金巴利道樓宇。當時盧景石正在服刑。「I [Sanders] had noticed, however, that she remarked several times that she was in financial difficulties since her son's arrest and you may also recall in Raggensack's statement given to me at Chi Ma Wan, that he contributed a large proportion of his wages to his mother for household expenses.」我留意到她幾次說她兒子被捕以後，她金錢上有困難。你應該記得盧景石在芝蔴灣給我的証供，他說他的薪水大部份給了他母親做家用。「She also stated that she had pawned during the last month or two, a lot of her possessions.」她又說過去一兩個月，她當掉

了不少物件。

一九六六年四月五日，盧景石在中環天星碼頭，自稱「是一名十九歲的律師樓檔案文員，將於最近赴英深造法律。」

「Mr Stumpf（牧師；社會工作者）also criticised Hongkong's cinemas for showing Western films of violence and vice to even young children.」牧師批評香港影院放映西方的暴力及低惡電影給小童看。暴動當晚放映的「低級電影」《黑玫瑰與黑玫瑰》，重拍為《92黑玫瑰對黑玫瑰》。當時還放著電影的戲院：新華、麗聲、麗斯、荷李活、百樂門、大世界、大華、域多利，全部消失。

一九六五年十一月二十日，「赤柱監獄六名絕食囚犯，昨日在監獄當局的強逼下，經已進食，各吃下一碗稀粥。」「該批囚犯過去絕食十多天，前日當局宣佈：除非他們昨日停止絕食，否則將強制予以灌食。昨日，當他們繼續其絕食行動時，監獄當局乃採取強逼措施。」「該批囚犯是待解犯〔遞解出境〕，因他們不滿遭受長期羈押而以絕食行動抗議。」

〔不過是一次激烈表達。〕

「九龍暴動期間　阮漢光放火　燒路邊木屋　聞法官裁定罪名成立　當堂暈去　押候七天待感化官調查後判處」「四月六日晚，九龍發生騷動時，旺角彌敦道路上搭建之修理木屋，被人用火焚燒，修路工具之震路機亦被焚燬。警方到場偵查，兩星期後在山東街拘獲一十七歲青年，昨〔一九六六年五月九日〕在北九龍裁判署控以三項罪名，被告否認控罪，法官聆聽控方證人証供後，裁定被告罪名成立，因尚待社會感化官調查被告身世，將案押後七天宣判。」「被告聞裁定罪名成立時，曾在犯人欄內暈低，旋由法庭人員將其送入醫院救治。」「被告阮漢光，商店職員，住煙廠街某號地下。被告（一）本年四月六

日，在彌敦道六三零號門外，放火焚燒一間路邊木屋；（二）同日，在彌敦道惡意毀壞有榮建築公司之石屎震機；（三）同日，在彌敦道六五九號門外，放火焚燒馬路旁木屋，被告否認控罪。」「控方証供：在伊利沙伯球場附近擺賣生果之男子梅郁文，四月六日晚十一時，沿街步行，見到騷動情況，當行至彌敦道近山東街路口，見火光熊熊，當時路面正在重修中，堆物燃燒者甚多，亦有多人圍觀，時已演戲（？）暴亂，證人見被告混在人叢中，梅能認出被告仍常到伊利沙伯球場打籃球及向彼買生果者。被告亦將木板投入火中焚燒，數分鐘後，被告行至新雅酒店門前，有榮建築公司在該處蓋有臨時木屋供工人看更及貯放機器用，屋前有一部震路機，被告將之推倒，震路機有電油流出，被告將電油澆在木屋頂然後退後數步，劃火柴，擲在屋頂上，該木屋乃起火燃燒，並將一部震路機置於火上，被告又在地上撿木料投入火中。」「被告繼行至彌敦道近亞皆老街處，該處路面亦有一間臨時木屋，證人見被告手中有一罐電油，被告同樣放火，及至防暴隊開抵現場，將群眾驅散後，四月十九日下午八時，警探接到消息（線人），尋獲證人梅郁文（如何得知生果小販目擊兩處放火〉，四月二十日下午八時四十分，警探在山東街近黑布街將被告拘捕。有榮公司此次損失約一千二百二十七元。」

〔還道是風月情濃〕

一九六五年九月十九日，「天樂里『月園汽水座』潮籍老闆離奇斃命　死後多日始被發覺　屍身開始腐爛　奇臭難聞　死因並無可疑　推測為情自殺」「灣仔天樂里七號二樓前座的一間月園汽水座內，昨日下午二時四十分發現一具已經行將腐爛的男子屍體，整座樓充滿使人欲嘔的臭味，警方派員到現場展開偵查工作，法醫官彭家祥與歐陽坤。亦到現場檢驗，直至下午五時三十分才由黑箱車將屍體舁往公眾殮房。」「死者名鄭克境，三十三歲，潮州人，據說他就是該月園汽水座的老闆，警方認為並無可疑跡象。」「這具男屍的發現，據說是死者的一位男朋友。在昨日下午較早時到上址探訪時，見屋門關閉，拍門無人回應，屋內卻有燈光，且透出陣陣使人欲嘔的臭味，懷疑發生事故，遂往警署報案。事後由消防員設法打開該度大門，進入屋內察看，在屋內通道發現這具已近腐爛的男子屍體，屋內充滿臭氣，除了屍體外，並無人在內。」「警方發現這具屍體後，即將現場封鎖，等候法醫官到驗屍。這屍體身穿白恤衫，黑西褲，雙足著襪，一足穿黑色懶佬鞋，另一鞋卻放在離腳不遠處，頭向騎樓方向，腳向門口，屍體仆臥，伏屍在近廚房門口的甬道，屍體附近甬道有許多碎玻璃片，可能是屏風玻璃被打落後跌落地上。死者雙手及身體均有不少傷痕，而且伏屍處地上有一大灘血水，屋內物件凌亂。」「由於屍體身手有似玻璃割破的傷痕，曾懷疑有別情。法醫官有現場檢屍體達一點多鐘之久，警方人員是將現場物件印取指模及拍攝現場情形。」「據政府新聞處宣佈：對死者的死因，現仍在調查中，但是無可疑跡象。」「據附近居民說，該月園汽水座之前身為『新得月』小舞苑，由於生意不佳，數月前改名『月園舞苑』，後再改為『月園汽水座』。屋內前半截間有八間小房，並安裝冷氣設備，後半截為廚房廁所及一小睡房，平常有四五名舞女返工，由舞苑改為汽水座都由死者經營。該座於八月二十二日晚曾被警方前往冚檔，拘去一黎姓女子，次日被控於銅鑼灣法庭，結果被判罰二百五十元，〔『續有四名色情「咖啡閣」女郎，昨〔同年九月十八日〕被控於九龍裁判署，法官勸其改行，做社會能容納的工作。』『被告四女一男，（1）吳鳳瓊，四十四歲，（2）張冰，三十七歲（3）周淑玲，三十五歲，（4）莫梅，四十歲，（5）男子黃耀祖，二十一歲，第一至第四被告同被控誘人作不道德行為，第五被告，被控協助前述四被告犯上罪，各被告均認罪，首被告乃該樓之主理人，官判其罰款一百元。其餘四被告各罰款六十元。』『韋華傑法官在判案時指出：希望各被告轉行，做社會能容納之工作。』〕〔時常兔死狐悲〕。『案情指出：九月十六日，警員四六零四，六七三，及四九九零號奉命喬裝「鹹濕顧客」，到砵蘭街二九零號三樓奇緣咖啡閣光顧，當時由第五被告接待，該處原日為舞院，自管制舞院新行施行後，遂改為咖啡閣。室內有一小型舞池，僅有一盞紅燈，故光線甚暗，另有六個雙人卡座，用快巴〔fibre，香港中文〕板隔開，第二、三、四被告在第五被告介紹下，分別接三警員，各偕一警員入卡座，每人給予一瓶汽水。』（其後不分年代，念同）」。「該案發生後，『汽水座』最近已告停止營業。另一居民說：死者原與一女子住上址，且有一子寄讀於新界一間學校，不久前，死者與女子曾因故發生爭吵，事後這女子已經離開死者。」「早在本週四日，該二樓後座的居民已開始嗅到陣陣臭味，初以為屋內有死老鼠，經全屋察看後，並無發現死鼠，但臭氣有增無減，昨日上午經常負責倒垃圾的婦人，曾拍死者之門，但沒有回聲，遂向後座居民詢問近日有無見過死者開門，後座居民表示以往死者常來借電話，但近數日已不見過他，不久適有以前在該處工作的一名男子及一名女子到來探訪死者，去揭發死者陳屍空屋內，由於屍臭難聞，相信已死去多日。」「警方在現場偵查該案時，曾有一男子及一女子被警方帶返警署問話，相信該男子便是報案之人，該女子對警方人員說她姓楊，住老虎巖徙置大廈，她與死者是朋友，但她懷疑死者為情自殺的。」「另一消息說警方事後在死者衣袋檢獲兩個空藥瓶，相信死者可能是自殺斃命。」「記者昨晚前往老虎巖徙置大廈C座四零八號訪問死者女友楊翠金，據他（非她）說：她與離開死者的女子早已認識，該女子名方玲（可能藝名；歡場之名），又名李××，三十歲，她有一子，十二歲。死者與方玲在上月間曾因故爭吵，後來方玲便離開死者。此後死者便終日酗酒，上月三十日，死者曾到她住處，要求代為找尋方玲歸去，否則便會自殺。她曾將此事轉告方玲。昨日下午一時，方玲找她前往訪死者，要求死者保証以後不再為難，方願回去，方送她到紅磡碼頭渡海，當她過海後，遇到與死者認識的兩位男朋友，於是遂一起往訪死者，當到達後，發覺門關著，屋內有陣臭傳出，遂由男友前往警署報案。」

這一天，「印度國防部長在此間（新德里）宣佈：中共軍隊經已開進與中共邊境接壤的印度保護國錫金邊境附近地區。」「是戰爭的最後通牒。」

這一天，「本港天文台地震儀昨日星期六上午一時二十七分，錄得一次嚴重地震。」「震源約在本港東北一千九百哩之本州附近。」

這一天，「麗聲・皇后・皇都」戲院「盛大獻映」《黑煞星勇戰恐怖城》，「『鐵金剛』辛康納利主演」，The Frightened City。「明天五場」「每院加映早場十二點半」，因為第二天是星期天，在恐慌城市。

伍：

我們從歷史學會甚麼：「蘇守忠之將來」「『燒肉和尚』」。

二〇一三年十二月二十日，「六〇年代社運人士蘇守忠多年前出家，早前被鄰居指他誣告和索償，蘇反指鄰居誹謗他是『**燒肉和尚**』，蘇獲判勝訴，鄰居須賠償三萬元，但鄰居不服，申請上訴許可。庭上播放鄰居偷拍蘇吃魚柳包的片段，證明蘇是『酒肉和尚』，但蘇強調只吃了魚柳包的包，但沒吃魚柳包的魚柳。」「蘇守忠又名蘇祐世（七十二歲），其鄰居鄭志豪今年十一月拍下蘇與石姓女士在麥當勞吃魚柳包的片段和錄音，更錄得蘇大罵鄭『唔知因果呀你，來世做禽獸呀』『出嚟呀×（仆）街！弱智仔，又弱智又低能你個衰相』、『傻仔，玩嘢學人玩嘢無腦㗎！』」「鄭指蘇吃魚柳包是事實，『係一個酒肉和尚』，十多年來蘇常常罵鄭弱智，顯示他『非常惡毒、非常之有仇恨之心』，希望法庭批准他的上訴申請。但蘇強調他只吃了包，但沒有吃魚柳，魚柳讓給了石吃，是『一個魚柳包兩個人食』。暫委法官黎達祥押後裁決。蘇在庭外指否認講粗口，說他只是維護自己。」「蘇守忠於二〇〇五年十月發現家門鐵閘軌有沾火水布碎遂報警。警方拘捕居於對面的鄭志豪，落案控告企圖縱火。鄭被還押十二週，〇六年一月獲撤控。鄭後來以民事興訟指蘇誣告，向蘇索償三十萬元，但蘇反申索指鄭在縱火疑案後在其家門釘木板，寫上『燒肉和尚蘇守忠、玩火水報假案』。蘇指語句誹謗，鄭更兩次將燒肉掛在蘇的家門侮辱他。黎官終判鄭敗訴，裁定蘇的反申索成立，裁定鄭確有誹謗，須向蘇賠償三萬元。」「蘇守忠倔強的性格影響他一生，」「他於九年內三次申請入天主教修院當司鐸都被拒絕。」「後來他就皈依佛門，輾轉出入多間寺院，最後還是選擇在家修行。」「搬到黃大仙公屋居住」。

一九六六年五月二十三日，「蘇守忠今晨曾一度上堂，但他第一句便說他不願宣誓，而後作供，調委會問他是否有任何理由，蘇守忠說：我唯一的理由就是我是蘇守忠。」「〔四月十四日〕被告旋又表示不提出辯詞解釋，任由法官裁判；」「彼不發誓非指彼經不起盤問，亦非指警方不公平，因當一個人代表真理及正義時，只有一句話可說，且為別人無法懷疑者。」「『如果我出生係能夠吸引人的話，而呢班人企喺度根本就唔係我嘅錯。』」「蘇父對記者說：他勸過蘇守忠不知多少回，就昨〔五月二十四日〕晨蘇去委會前都勸他發誓，但蘇太硬頸了，他聽也不聽的抓起衣服就去。」「至於**蘇守忠之將來**，蘇父表示『卻唔知點』云。」

〈我們從歷史學會甚麼〉

「『我的思想很單純，認為一切都沒有。』」

陸：

他沒有我畫的那麼文靜。但我畫的時候，想起你的髮。

〔他沒有我畫的那麼文靜。但我畫的時候，想起你的髮。〕

「猴年大年初一（二〇一六年二月八日）深夜，旺角街頭因無牌熟食小販擺賣問題引起警民衝突，擾攘至大年初二凌晨變成騷亂，」「前晚（二月八日）約十一時，一班示威者（『十多檔無牌熟食小販於朗豪坊對開的砵蘭街擺檔，食環署人員到場執法驅趕，引起在場聲援小販的本土民主前線』（『本土民主前線（本民前）於香港雨傘運動（二〇一四年九月二十六日，群眾佔領金鐘，至旺角，銅鑼灣，七十九天）〔我心焦如焚，但那不是我的戲〕〔從來沒有戲，所以也沒有角色〕〔那一晚，警方發催淚彈；〔警務人員說，那是殺傷力最少的〕〕〔警察我們知道，帶槍是因為要開槍；統治我們知道，我們在某一程度同意暴力，即為同謀者〕〔這樣我們如何指責〕〔誰？是我嗎？〕〔他們那麼惶恐。〕〔我說：「我不清楚。」——這和那個上的士走的女議員，「學習基督的精神」，分別只在，我知道我的猶疑。〕後，由一群九零後（一九九〇年以後出生）年輕人（隨著時間；如蘇守忠）組成，』『他們』『致力保衛香港本土精神，堅信沒底線的「以武制暴」。在本民前主導的旺角騷亂中，示威者不顧人命地擲磚頭，在黑夜中四處點火。』『「本土新生代梁天琦（一九九一年六月二日，於中國武漢出生）說：我不想失敗，我想贏」〕成員及大批市民不滿，警方應食環署要求到場調停，雙方對峙』〕突發難佔領近朗豪坊一段砵蘭街，與警員對峙多時；其後多名持自製盾牌的示威者同時衝向警方防線，為七小時衝突揭開序幕。」「最初警方以警棍及催淚水劑驅散，」「數百名示威者聚集在山東街及砵蘭街交界與警對峙，不斷有人抛擲玻璃樽及花盆，警民爆發多次猛烈推撞，警方的防線逐漸向亞皆老街方向推進，其間多次施放胡椒噴霧及催淚煙，多名示威者被推倒，混亂中有人受傷。」「〔二〇一六年二月九日〕凌晨二時許，約十名沒有防暴裝備的交通警在亞皆老街被過百名示威者包圍投擲雜物，其間一名警員跌倒，另一名警員突然拔槍指向示威者，並兩度向天開槍示警。」「槍聲並無嚇退示威者，反而令暴力升級。示威者開始拆除行人路上的地磚並向警員投擲，警方受制於飛磚的攻勢節節敗退，不少沒有盾牌的警員被磚頭擊傷，有警員撿起磚頭還擊，雙方均有人頭破血流。示威者又在多處馬路焚燒垃圾及雜物製造火頭，另有警車及的士被破壞。」「衝突持續到早上，警方機動部隊及快速應變小隊增援清場，示威者退守豉油街、山東街、洗衣街一帶，焚燒垃圾桶及掟磚，雙方在街頭展向追逐，多名示威者被捕。」「示威者在八時許陸續散去。事件中有一百二十五人受傷，包括近九十名警員及五名記者。」「截至昨（二月九日）晚，警方以涉嫌參與暴動、非法集結、襲警、藏有攻擊性武器和阻差辦公等罪名拘捕了六十一人。」

「農曆年初二旺角大衝突，本土民主前綫黃台仰及梁天琦等八人被控暴動罪，」「控方申請修訂控罪，梁天琦原被控兩項暴動及一項煽惑暴動罪，（二〇一七年十月十三日）被加控襲警罪後，一共涉四項控罪，是本案涉及最多控罪的被告。」「本案八名被告為黃台仰（22歲）〔棄保被通緝〕、梁天琦（24歲）〔案發時〕、李諾文（20歲）、盧建民

BETWEEN
ORDER

（29歲）、林傲軒（21歲）、黃家駒（25歲）〔認罪〕、李東昇（24歲）〔棄保被通緝〕及林倫慶（24歲）。」「分別被控暴動和襲警等罪，其中黃台仰被控暴動、煽惑非法集結及煽惑暴動共三罪。」

「這是〔二〇一六年〕二月二十八日傍晚六點，香港新界大圍街頭的立法會補選造勢現場。」「梯子底下，年輕人有節奏地高呼『時代革命！時代革命！』，幾步之外，幾個中年人卻吐著口水大罵：『暴徒！暴徒！』」「首次參選的梁天琦〔前述〕」「獲得百分之十五的高票，位列第三。儘管輸掉議席，梁天琦卻帶著勝利的笑容。『你們口中的「暴徒」也能取得六萬六千多票』，這是他眼中的勝利：『這反映人民不會害怕政府……我們這一代始終相信主權在民，政府如何打壓，市民也會反抗。』」「『團結、忠誠、犧牲，』梁天琦又再次說起，他不在乎犧牲，在舍堂時他曾教一眾學弟說：『要以生命影響生命，燃燒自己的生命，盡力影響別人。』」

「本土民主前線發言人梁天琦與《大公報》記者去年〔二〇一六〕八月在太古港鐵站大堂打架，兩人被控一項在公眾地方打鬥罪，控方昨〔二〇一七年一月十二日〕不提証供起訴，兩人獲准自簽一千元及守行為一年。」「梁天琦（25歲）〔案發時〕和盧永賢（42歲）在庭上同意有關案情撮要，裁判官最後批准二人自簽一千元及守行為一年，另各支付訟費五百元，其間兩人不得再使用暴力或威嚇使用暴力，否則法庭將會考慮更高刑罰。」「案情指出，去年八月十三日晚十一時四十五分，有太古港鐵站職員看到梁天琦和盧永賢在港鐵未付費大堂內打架，其後報警及通知兩名職員控制局面，目擊事件的職員試圖分開兩人，其間觀察到梁的T恤背部穿了一個洞，右肩附近、頸部及臉上有抓痕，而盧牙齒見血，嘴唇腫脹；閉路電視拍攝到盧將梁捽倒在地，以及兩人互摑的畫面。」「接報警員到達車站大堂時，梁、盧兩人已離開，翌日盧前往柴灣警署報警稱被梁襲擊。同年十二月中，兩人先後被警方拘捕，梁在警誡下保持緘默，盧則向警察稱是梁先動手，自己只是抵擋對方襲擊。」

自立法會選舉〔二〇一六年九月〕〔選管會〔選舉委員會〕於提名期展開前兩天〔即〔二〇一六年〕七月十四日〕，突然要求參選人簽署認同香港是中國不可分離部份的確認書，當時梁天琦拒簽確認書，並堅稱會支持港獨；「新界東地方選區選舉主任何麗嫦」「一週後〔即七月二十二日〕向梁天琦查詢港獨立場，梁翌日首轉口風，指不排除改變政治立場參選。」何麗嫦在回覆梁天琦的信件中：「『梁先生本人的錄影片段，內容清楚指出他主張及支持香港獨立，與有關他的立場的其他新聞報道並無實質分別。』『至七月二十八日，梁先生透過回答我的問題〔即給予「否」的答覆〕，首次表示他不繼續主張及支持香港獨立。』『梁先生的意思應是為了進身立法會，他會採用任何方法，包括指稱他不再主張「港獨」；而一旦他成為立法會議員，他仍然會繼續主張及支持香港獨立。』」

「……我認為我不能信納梁先生真正改變了他過去主張及支持香港獨立的立場。」「梁天琦提名無效　失立法會選舉參選資格」〕後，梁天琦稱，「近期〔二〇一六年八月〕寧願留在本民前（本土民主前線；前述組織）辦公室內，一個專門收容流浪貓的地方，也不想外出見人。」「唔想出街囉我諗最主要係，唔想畀人認得，會疑神疑鬼，會好多陰謀論去諗，精神壓力會幾大。」「梁天琦指自己政治生涯不足一年，短促得有如放煙花，」「認為自己仍需繼續求學，充實自己，」「本土民主前線Facebook專頁今早（二〇一七年十二月）（十八日）公佈，本民前發言人梁天琦因將於二〇一八年一月起，就他被控於二〇一六年初涉及暴動罪應訊，因此未來數月希望陪伴至親，故正式退黨及辭去本民前發言人一職。」

二〇一八年五月十八日，「九人陪審團由本周三（五月十六日）早上十一時半開始退庭商議，昨午（十八日）約四時半終達成裁決，一致裁定梁天琦煽惑暴動罪脫，一項指他於亞皆老街參與暴動罪成。」「而另一項同涉被告李諾文、盧建民及林傲軒於砵蘭街參與暴動的控罪，只有盧被一致裁定罪成，至於另外兩人及梁天琦，陪審團則未能達成有效裁決。」

「梁天琦，25歲（二〇一六年），香港大學文學院主修哲學，副修政治及公共行政。」

引述：

《工商日報》

《工商晚報》

《華僑日報》

《明報》

《大公報》

《新晚報》

《新生晚報》

《星島日報》

《成報》

《South China Morning Post》

《The Star》

《Hong Kong Standard》

《九龍騷動調查委員會報告書》

《九龍及荃灣暴動報告書》

香港房屋委員會
香港生死登記處
香港浸會大學圖書館—Special Collections and Archives葉錫恩檔案
香港檔案處
倫敦國家檔案
《蘇守忠文集》
《五十年來的香港、中國與亞洲論文集》
《叔本華美學隨筆》
Hong Kong Police - Offbeat
Hong Kong Statistics 1947-1967
《The Vancouver Sun》
端傳媒
《蘋果日報》
香港01

《末日酒店》

他們都已經忘記我了，和那間107 號房間。

從酒店大堂進去，上樓梯，穿過長廊，轉進去，穿過小庭院，轉入走廊，再穿過另一個小庭園，這一個有噴泉，有小魔鬼淡藍瓷像，上樓梯，走廊盡處，再轉，這裡已經非常沉黑，白天都要開燈。那一個房間在角落的角落，他們上了鎖。

當初還很光亮，酒店開張的時候，葡國人還在澳門，男子穿一套早晨禮服來參加酒會，女子都露著肩背，執一把珠貝扇，戴粉紅翠綠羽毛的大草帽，不見臉孔，只見耳環和嘴唇。很熱，酒店的經理嘉比奧鼻子好尖，掛了一滴一滴的汗。

嘉比奧那年二十七歲，來到馬交奧已經，他說，我覺得已經一生了……

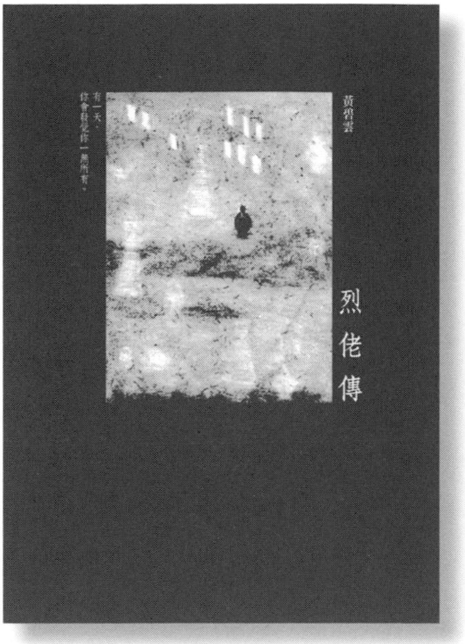

《烈佬傳》

榮獲第五屆紅樓夢獎

我曾經以為命運與歷史，沉重而嚴厲。
我的烈佬，以一己必壞之身，不說難，也不說意志，
但坦然的面對命運，我懾於其無火之烈，所以只能寫《烈佬傳》，
正如《烈女圖》，寫的不是我，而是那個活著又會死去，
說到有趣時不時會笑起來，口中無牙，心中無怨，微小而又與物同生，因此是一個又是人類所有；
烈佬如果聽到，烈佬不讀書不寫字，他會說，你說甚麼呀，說得那麼複雜，做人哪有那麼複雜，
很快就過——以輕取難，以微容大，至烈而無烈，
在我們生長的土地，他的是灣仔，而我們的是香港，
飄搖之島，我為之描圖寫傳的，不過是那麼一個影子。

國家圖書館出版品預行編目資料

盧麒之死／黃碧雲著. ——臺北市：大田，2018.07
面；公分. ——（智慧田；109）

ISBN 978-986-179-532-4（平裝）

887.7　　107007878

智慧田 109

盧麒之死

作　　者｜黃碧雲

出 版 者｜大田出版有限公司
台北市 10445 中山北路二段 26 巷 2 號 2 樓
E-mail｜titan3@ms22.hinet.net　http：//www.titan3.com.tw
編輯部專線｜（02）2562-1383　傳眞：（02）2581-8761
【如果您對本書或本出版公司有任何意見，歡迎來電】

總 編 輯｜莊培園
副總編輯｜蔡鳳儀　執行編輯：陳顗如
行銷企劃｜董芸
校　　對｜黃薇霓

初　　版｜2018 年 07 月 01 日　定價：300 元
總 經 銷｜知己圖書股份有限公司
台　　北｜106 台北市大安區辛亥路一段 30 號 9 樓
TEL：02-23672044 ／ 23672047　FAX：02-23635741
台　　中｜407 台中市西屯區工業 30 路 1 號 1 樓
TEL：04-23595819　FAX：04-23595493
E-mail｜service@morningstar.com.tw
網路書店｜http://www.morningstar.com.tw
讀者專線｜04-23595819 # 230
郵政劃撥｜15060393（知己圖書股份有限公司）
印　　刷｜上好印刷股份有限公司
國際書碼｜978-986-179-532-4　CIP：857.7/107007878

填寫線上回函♥
送小禮物